小学语文同步阅读

为中华之崛起而读书

余心言 ◎ 著

目录

为中华之崛起而读书

为中华之崛起而读书 / 003
人类是有理想的 / 006
糖的历史和少年的使命 / 010
从大同世界说起 / 013
少年心事当拿云 / 016
理想有什么用处 / 022
珍惜少年心中的火苗 / 025
到中流击水，浪遏飞舟 / 028
和雷锋比童年 / 031
六十年前我们在想些什么 / 034

祝你学习好

Well Begin Is Half Done / 039

明天上什么课 / 044

陀螺的启发 / 049

学和问 / 054

勤笔助思 / 059

谈谈做作业 / 064

怎样才能记性好 / 069

高斯为什么算得快 / 074

绮瑞娜的时间没有白费 / 079

不要偏科 / 081

100分是到顶了吗 / 083

作业本发下来以后 / 084

"粗心"粗在哪里 / 086

功夫在"写"外 / 089

有什么问题吗 / 093

最深沉的爱

干家务和学习的关系 / 097

摘下红领巾就可以打架吗 / 101

听张老师讲馒头课 / 104

爱美吧 / 107

程小荣上山 / 112

这本书是图书馆的 / 114

帮周奶奶写封信 / 116

少先队员在家里 / 119

妈妈哪天过生日 / 122

到老师家去家访 / 124

小铃病了 / 126

最深沉的爱 / 128

送礼和讨还 / 131

还骂有理吗 / 134

柿子熟了 / 137

应该打一声招呼 / 138

今天不是他值日 / 140

从中队长到小队长 / 141

牙膏皮与鼓乐队 / 142

"姥爷吃拜糖平" / 145

每天变好一点点

每天变好一点点 / 149

不知道的世界——我的妈妈 / 152

"孔融让梨"的别样选择 / 155

寻找苦难 / 158

成功者不一样的童年 / 160

和好书交朋友 / 162

在公共汽车上的观察日记 / 165

请你耐心等一等 / 168

拜托你照顾好妈妈 / 171

在成长着的孩子背后 / 173

两个人的日记 / 176

培养发现美的眼睛 / 178

"我们付了钱的,什么也不用干" / 181

"和我有什么关系" / 183

为中华之崛起而读书

周恩来同志有一句名言："活到老，学到老。"

他是这样说的，也是这样做的。

他的深刻的马克思列宁主义修养，丰富的知识，高尚的品德，好学不倦的精神，永远是我们学习的榜样。

从党的创立时期开始，他就是我们党的重要领袖；从中华人民共和国成立开始，他就是我们国家的总理。无论是工业、农业、商业、政治、军事、文化、教育、党务等各项工作都得到他的关怀，他的精辟见解指导着这些工作取得很大的成绩。

斯大林说过，伟大的毅力产生于伟大的目的。周恩来顽强的学习精神，是和他从少年时期就树立了的伟大理想分不开的。

从1910年到1913年，周恩来在沈阳（当时叫奉天）东关模范小学读书。有一天，魏校长给学生上修身课，他问大家："诸生为什么而读书啊！"有的学生回答："为明礼而读书"；有的回答"为做官而读书"；有的回答："为家父而读书"；有的回答"为了不受欺负"。魏校长都不满意。当问到周恩来的时候，他清晰有力地回答说："为中华之崛起而读书！"魏校长听了高兴地连声称赞："有志者，当效周生啊！"

周恩来的这个答案不是灵机一动便想出来应付校长的，而是他那少年胸怀中虽然是初步立下的，却是坚定的志向。

周恩来生于1898年3月5日。那时正是清朝末年，中国已经在帝国主义列强侵略之下逐步沦为半殖民地。国家的贫弱不振，强烈地刺激着这位少年的心。

他十二岁的时候，离开南方的家乡，来到了东北，伯父就告诉他，沈阳有哪些地方是外国人的租界，不要随便到那里去玩，有事也要绕着走，免得惹了麻烦没处说理。

周恩来不明白是什么道理，他问："这不是我们中国的地方吗？"

伯父回答说："中华不振啊！"

"中华不振"，十二岁的周恩来当然不能完全懂得这四个字的含意。但是，他听说过，外国列强把中国当作一块肥肉，一片桑叶，大家都来抢着吃。

到了沈阳，他又曾去看过东郊魏家楼一带日俄战争的遗迹，一位同学的祖父向他悲愤地讲述了战争的经过和中国人民受到的灾难。两个帝国主义国家打仗，战争的地点竟然在中国的土地上，倒在血泊里的竟是中国的人民，这是何等的奇耻大辱！

在沈阳租界，周恩来看见外国人的汽车轧死了中国人，扬长而去。中国的警察不但不敢扣留凶手，反而训斥死者的家属妨碍交通。受到群众质问之后，警察说："这是治外法权，有什么办法！"

一桩桩的事实，使周恩来越来越感觉到"中华不振"四个字的沉重分量。所以，当魏家楼那位同学的祖父出了个上联"勿做列强之奴仆"要他对的时候，他立刻就写出了下联"誓当中华之主人"。

人各有志。千百年来，对于为什么读书有过多少种不同的答案。"书中自有黄金屋，书中自有千钟粟，书中自有颜如玉。"许多人为了个人的升官发财而读书，书不过是他们的敲门砖。门敲开了，书也丢到一边去了；门敲不开，书对他们也不再有什么用处。渺小的目的，当然不可能产生持久而伟大的动力。周恩来根本反对这种为个人找出路的想法。1913年，他考上了天津南开学校。一次，大家讨论为什么上中学。有的同学说："南开很有名，在这里毕了业，就能有个好前途。"周恩来就不赞成，他说："我们生活在20世纪列强纷争的时代，国家贫弱不振，外国侵略者一天紧逼一天，眼看中国就要灭亡，青年人怎么能只想个人的前途呢？只有国家独立、富强了，才能有个人的前途。"

这是多么宽广的心胸啊！在他的心里装着整个国家，整个民族。有了这样的胸怀，才能产生伟大的志向，才能成就伟大的事业。

周恩来和东关小学的老同学临别时，曾经写下这样的预言："愿相会于中华腾飞世界时。"如今，我们伟大的祖国已经崛起，在政治上，也可以算是腾飞于世界了，但在经济上和生产发达的国家比，还差得很远。使我们的祖国在经济上、在科学技术上，也能"腾飞世界"，是新一代青少年的任务，让我们立志"为中华腾飞世界而读书"吧！

人类是有理想的

"我想研究人造食物，使全世界的穷人永远不会挨饿。"

"我想当解放军，保卫国家的领土。"

"我愿意做个织布工人，使人们打扮得更美丽。"

"我愿意修理电器，无论谁家的收音机、电视机、录音机、洗衣机、电冰箱出了毛病，保管手到病除。"

"我还没有想好将来具体做什么，不过我做的事总要对实现祖国的社会主义现代化有好处。"

有哪一位少年，对自己的前途，没有种种设想呢？

少年时期，人生刚刚开始，前面还有很长很长的路。这是一条怎样的路？我们将怎样走呢？在人生的路上我们将会遇到些什么？我们的一生能够过得有意义吗？我们对人类能够做出什么贡献呢？

这些问题，我们能不去想它们吗？不能。我们应该想它们吗？应该。

人有理想，这是人的一个很大的特点。

人的劳动和动物的活动不同。动物也能做许多很精巧的活动。

例如，蜜蜂的巢，那么多正六边形，多么整齐！蜘蛛只用一根丝线，来回往返，就能织成一个个或大或小的网，又是多么高明！但是，这些都不是他们思考的结果。它们都不会"想一想"。它们只是按照它们的生物本能在那里活动。你捣毁一个蜂巢，蜜蜂会重筑一个；你破坏一张蜘蛛网，它会重织一张。你可以看见，它们重新做出来的，还是原来那个样子，并不会有什么改进。

"采得百花成香蜜"，这又是蜜蜂的一项很大的本领。可是，它也只能靠自然生长的花生活。遇上了自然灾害，开不了花，它就没有办法。它不可能想到要保护花的生长，更不会想到扩大花的种植，改善花的品种，来为自己增加新的蜜源。

人的劳动就不同。人，无论做什么东西，总是先在自己的头脑里画了一张这个东西的蓝图。木工叔叔做一张小板凳，要先锯一块木板，把它刨光，在一定的位置上打上眼，还要锯四根一样长的短木棍，最后把它们装配起来，正合适。为什么会这样巧呢？原来，他在动手之前，在头脑里已经先有了这张小板凳的设想。他是按照自己理想的目标来行动的。

做小事情要有理想的目标。做大一点的事情更要有理想的目标。盖一幢房子，造一台机器，事先总要有一个设计。

人们把这种未来的、有可能实现的、美好的愿望，称作理想。

一个人的一生有人生的理想。

一个社会，一个国家，也有这个社会、这个国家的理想。

一个完全没有理想的人，只知道过一天算一天，"当一天和尚撞一天钟""脚踩西瓜皮，滑到哪里是哪里"，就会失去前进的动力。

一个社会，一个国家，一个民族，失去了理想，就会落后，就会衰亡。

自从人类诞生以来，总是不断地根据自己的境遇，提出一个又一个理想的目标。一个目标实现了，又提出一个或者更多个新的目标。人类社会就是这样不断地在追求和为实现理想而奋斗中前进。

我们伟大的民族，曾经产生过许多伟大的人物。他们都有宽广的胸怀，他们的理想不是为了自己个人或者小家庭的幸福，而是为了自己祖国的繁荣富强，为了广大人民的幸福。

在长期的旧社会中，人们看见的是人剥削人，人压迫人。"富者田连阡陌，贫者无立锥之地""朱门酒肉臭，路有冻死骨"，人们盼望着这种现象的消灭。早在2000多年前，就有人提出："大道之行也，天下为公"，希望实现天下大同的理想。唐朝的诗人杜甫，在自己住的茅屋被秋风吹破的时候，想到的是千万和自己有同样遭遇的或者比自己更悲惨的穷苦人。他的愿望是："安得广厦千万间，大庇天下寒士俱欢颜，风雨不动安如山！呜呼！何时眼前突兀见此屋，吾庐独破受冻死亦足！"南宋时候，祖国的大好河山南北分裂，北方是少数民族组成的金政权。爱国诗人陆游的理想就是热切地希望实现祖国统一，他在临终时留给儿孙的诗中还说："王师北定中原日，家祭无忘告乃翁。"

古人关于社会生活的理想，事实上往往很难实现。于是，人们把希望寄托在虚无缥缈的天堂，以为在那里有一个理想的世界。劳动人民用这种希望来安慰自己。剥削阶级利用死后进天堂的希望来骗人，让劳动人民放弃对他们的反抗。

能不能把"天堂"搬到地上来，搬到人间来呢？我国历史上一次又一次农民起义，做的就是这件事。其中规模最大的一次，就是洪秀全领导的太平天国运动，公开宣布要在人间造一个人人平等的"天国"。可是，"出师未捷身先死，长使英雄泪满襟"，这些运动由于没有先进的阶级来领导，都失败了。

有了无产阶级的先锋队——中国共产党，有了马克思列宁主义，事情就不一样了。经过长期的艰苦奋斗，旧中国被推翻了，人剥削人的制度在中国被消灭了，中国人民在世界上站起来了，再也不是低人一头，被人瞧不起的了。中国人民千百年来的理想，有些已经实现了，有些正在实现，当然也还有许多没有实现的等待我们去努力。放在我们面前的任务，就是要建设一个现代化的社会主义强国。实现这个目标，就要使我们的生产和生活比现在提高好几倍，要使我们有更充裕的粮食、副食品和日用品，住房要比现在宽裕得多，特别是商业、服务业会有很大的发展，使人民的生活比现在更方便，社会的道德风气也要比现在好得多。

实现这个理想的目标是很不容易的，要求我们有更多能够大公无私、艰苦奋斗的战士，有更高的科学技术水平，要求我们劳动的效率更高，每一分钟都能比现在制造更多更好的产品。没有这些条件，社会主义现代化的理想就只能是空想。

今天的少年，明天就将是社会主义现代化建设的主力军。为了实现我们伟大的理想，你们将做些什么准备呢？

糖的历史和少年的使命

园园：

你好。收到了你的来信。

你们班上老师正在进行爱国主义教育的时候，一位同学突然说："外国的糖还比中国的好吃呢。"你觉得他不应该这样说，但一时又说不清他的话有什么不对，想让我帮助你批评一下那位同学。

我想，我们还是慢一点批评人为好。是不是可以请你的同学和我们一起来考察一下糖的历史和现状呢？

你知道糖是什么做的吗？

"甘蔗做的。"你说得对。还有甜菜也可以制糖，但是制糖的主要原料还是甘蔗。

那么，甘蔗又是哪里来的呢？原来世界上原始的野生甘蔗，一共有三个品种：中国种、热带种和印度种。远古的人们，发现甘蔗有甜汁，才逐渐开始种植甘蔗。要说到种甘蔗的历史，还要算我们中国第一。

你们都知道，屈原是公元前4世纪战国时代楚国伟大的爱国诗人。他写的《招魂赋》，为我们留下了人类历史上最早的关于甘蔗的文字记录。公元前2世纪班固写的《汉书》，也提到了甘蔗，并且记载了榨甘蔗汁饮用的事。

到了公元4世纪，有一本书叫《南方草木状》，写到用甘蔗汁晒成饴糖。公元5世纪，就有做砂糖的记载了。

但是，这时中国的糖还不能算天下第一。印度的制糖法，就有比我们高明的地方。公元7世纪，唐太宗派人到印度学了他们的技术，回国以后又加以发展，在扬州做出了最好的白砂糖，还进一步发明了冰糖的做法。

唐朝是中国历史上最兴盛的时期之一，那时候中国人做的糖也闻名于世界。日本人学会的制糖技术，就是公元8世纪时唐朝鉴真和尚带去的。这种制糖法一直到公元12世纪才传到欧洲。一直到18、19世纪，中国糖不但畅销东南亚，而且远销欧洲各国。

在我们伟大的祖国，糖的做法也是百花齐放。山东有高粱饴，东北有关东糖，孝感麻糖脆香可口，棉花糖入口便化，苏州有玫瑰粽子糖，杭州有桂花糖，广东有椰子糖。梨膏糖能治咳嗽，人参糖能提神益气。你的同学有许多人的家庭来自四面八方，请他们各人回家问一问各人的家乡有什么名糖，各有什么特点，集中到一起谈一谈，是很可以长中国人的志气的。

自1840年以来，由于帝国主义的侵略和中国封建社会的腐败，中国制糖技术的确是落后了，弄得中国市场被进口的洋糖占领了。欧洲、美洲一些资本主义国家把科学技术用到制糖上，的确制出了许多很好吃的糖。

现代的科学还在向前发展。有的人正在研究从植物中提炼比糖更甜的东西。糖尿病人不能吃糖。科学家已经发明一种木糖醇，又甜又对糖尿病人有利。葡萄糖更容易被人吸收。糖的前途，也是不可估量的。

考察了糖的历史和现状，我们就可以回过头来看看你那位同学说的话了。不能说他说得完全没有道理。因为的确外国有的糖做得相当好吃，但是如果认为外国什么糖都好就不对了。因为外国人做的糖并不见得都好，中国的糖也不见得都不好。重要的是对我们祖国要有自信心和自信力。既然我们的祖先能够学到外国的好经验再加上自己的创造，制造的糖能在世界上领先，我们今天的少年难道不应当也有这样的志气吗？

我们有胜过别人的地方，我们要珍惜和发扬这些东西。我们也有比别人落后的地方，我们可以努力把别人的本事学过来。这当然不是容易的事。可是，不是做不到的。

努力吧！希望到你们长大的时候，比你们更小的新一代小朋友，说中国不如外国的话，比现在要少一些。

能不能做到这一点呢？决定权就在你们的手里。

从大同世界说起

1883年3月14日，一颗伟大的心脏停止了跳动。

从那时候到现在，一百多年过去了。

一百多年来，这个人的名字始终鼓舞着全世界的无产阶级和被压迫人民。他所创立的学说，始终是人民革命的旗帜。

他，就是卡尔·马克思。他生于1818年5月5日，出生的地点是普鲁士的特利尔城。

1848年，马克思才30岁，就和恩格斯共同起草了《共产党宣言》。一百多年来，共产主义运动在全世界范围内发展着，前进着，不断地取得新的胜利。在中国，这个运动已经发展到建立起共产主义社会的初级阶段——社会主义。

马克思和恩格斯创立的科学共产主义学说，使人们看到了人类社会发展的光辉前景，看到了伟大的共产主义理想。这个理想的实现，将要永远结束人类划分为对立的阶级的状况，使得社会生产力得到高度的发展，人类的文明，社会的道德水平也得到极大的提高。

人类社会产生阶级剥削和阶级压迫的现象，已经有五六千年了。起先是奴隶主剥削奴隶，以后是地主剥削农民，再以后是资本家剥削工人。被剥削的劳动者，早就对这种状况怀着极大的愤怒。

我国古老的《诗经》里有这样一首诗：

坎坎伐檀兮，真（zhì，同"置"）之河之干兮，河水清且涟猗。不稼不穑，胡取禾三百廛兮？不狩不猎，胡瞻尔庭有县貆兮？彼君子兮，不素餐兮！

那些剥削者，既不种地，又不打猎，庭园中却堆着那么多谷物，还悬着许多猎物。这种人居然自称是不白吃饭的"君子"！这是多么强烈的讽刺！

然而，怎样解决这种矛盾呢？当时的社会还没有发展到这一步，还没有具备解决这种矛盾的条件。那时候的人们也设想过一种"大同世界"，在我国古代的著作《礼记·礼运篇》中就有关于大同世界的描写：

大道之行也，天下为公，选贤与能，讲信修睦。故人不独亲其亲，不独子其子；使老有所终，壮有所用，幼有所长；矜、寡、孤、独、废疾者皆有所养；男有分，女有归。货恶其弃于地也，不必藏于己；力恶其不出于身也，不必为已。是故谋闭而不兴，盗窃乱贼而不作，故外户而不闭。是谓大同。

这段话说的是在这样的社会里，人们没有私心。公共事务都选有德又有才的人来办。社会风气讲的是信义、和睦。人人都能把别人的亲人、儿子当作自己的亲人、儿子一样看待。老年、壮年、幼年都能各得其所，无亲无靠和残疾的都有人扶养。男女各有自己的社会分工，各自组成合适的家庭。对人生有用的物资都要尽量利用，自己有多少能力都要尽量发挥，但这一切都不是为了自己的私利。没有人搞阴谋诡计，也没有人做盗贼，所以晚上睡觉用不着关大门。

这种"大同世界"是一种理想社会吗？不是。它只不过是人们对原始共产主义社会的一种回忆。原来，早期的人类并不知道什么叫阶级，也不知道什么是私心。他们只有依靠集体才能生存。人们的劳动，只能得到很可怜的一点产品，除了勉强维持生活，什么也剩不下。这只是人类发展的低级阶段，当然不能成为前进的理想。

当时的人们找不到走向新的大同世界的路，看不见前途，面对社会上的种种矛盾，就只好叹气："世风不古""世风日下"，好像真是"一代不如一代"。这叫作"向后看"。但是，社会是不会向后倒退的。"向后看"不可能找到前途。

人类社会发展到资本主义阶段，生产力的水平有了很大的提高，生产的社会化程度也有了很大的提高，这就为结束阶级对立的状况开辟了可能性。随着工人阶级斗争的发展，实现共产主义理想的问题，真正被提上了人类的议事日程。

人们将怎样解释这个问题呢？

少年心事当拿云

"少年心事当拿云"！这是唐代著名诗人李贺写的诗《致酒行》中的一句。

"心事"，就是心里想的事，也就是一个人的胸怀、志向。"拿云"，说的是能把天上的云拿在手里，或者说能拿到云里的东西。总起来，这句话就是说，少年应该有远大的理想。

俗话说："有志不在年高，无志空长百岁。"一个人没有远大的理想，就是活了100岁，也可能是白白地度过一生。有理想的人，虽然年龄不大，也可能做出杰出的贡献。我们大家都熟悉的雷锋同志，只活了不满22个年头，他的光辉形象却永远活在人们的心头。刘胡兰烈士就义的时候只有15岁，毛泽东为她题词："生的伟大，死的光荣。"写"少年心事当拿云"的李贺，也只活了27岁，却给我们留下了许多美丽的诗篇。"黑云压城城欲摧""雄鸡一唱天下白"都是他的名句。

我们应当有远大的志向。我们的历史上已经出现过无数有作为的英雄人物，他们好像天上的群星一样灿烂。但是，他们和我们一样，也都是普通的人，并不是有三头六臂，更不是神。他们能够做到的，我们为什么做不到呢?

而且，我们还应当胜过前人。

"长江后浪推前浪，一代新人胜旧人"。一代更比一代强，本来就是人类历史发展的规律。这并不是"飞机上吹喇叭——响（想）得高"，而是有充分根据的。

牛顿是一个伟大的科学家，他发现的力学定律奠定了现代物理学的基础，人们都盛赞他的成就。他却说："如果我看得远一点，那是因为我站在巨人的肩上。"牛顿的话是有道理的。过去的人已经做出了那么多成就，好比接力赛跑，他们的成就，就是我们的出发点。如果我们不能在他们已经达到的基础上再向前进，超过他们，那么，要我们这一代人有什么用呢?

任何前人的成就都不是顶峰，都不可能是完美无缺的，如果人们都把牛顿的学说，看成是不能超过的，那么这世界上就不会有爱因斯坦，不会有相对论，不会有原子能。少年是作为一代新人来到人间的，如果我们不能超过前人，难道人类历史前进的脚步，到了我们这一代就忽然中止了吗?不能!当然不能。所以，我们把前人看作老师，尊敬他们，向他们学习，又说，学生如果不能胜过老师，就不是好学生。

立大志，树立远大的理想，至少应当包括两个条件。

一条叫"大"，心胸要宽广。鲁迅的诗说："心事浩茫连广宇"，想到广大的宇宙之间的人民，才能看到"万家墨面没蒿莱"，为绝大多数受压迫、被剥削的人谋解放。东汉时有一个读书人陈蕃，15岁就对人说，要以"扫天下"为志。我们现代的少年更应当想天下事，不能只看到自己的鼻子尖。世界上有许多脏东西，有许多不合理的东西，我们有责任去扫除它们。古话说："天下兴亡，匹夫有责。"我们在《毕业歌》里也唱："同学们，快拿出力量，担负起天下的兴亡！"不要以为天下这么大，我们不过是些孩子，怎么担得起这副重担。力量再小也是一份力量，也能挑份担子。何况少年是国家未来的主人翁，整个国家的重担，最后总归是要落到我们身上的。到那时候，我们不担谁担。所以，还是事先早有思想准备为好。1915年5月7日，袁世凯签订了卖国条约。年轻的毛泽东听了，心中十分气愤，在书上写下：

五月七日
民国奇耻
何以报仇？
在我学子！

事实上，后来成为革命队伍中的骨干，改变了中国的面貌的，正是当时的一些年轻人。我们今天已经有了人民自己的国家，在立志的时候，当然更应当想到国家的大事。

第二条是要想得远些，把目标定得高些。人当然不可以勉强去做那些不可能做到的事。把那样的事作目标，就会越做越泄气。可是，标准太低也不好。那样就会很容易自满，不再求进步。诸葛亮对他的儿子说："志当存高远。"说的就是这个道理。我国的伟大诗人李白、杜甫，小时候作诗文，就想和汉朝有名的文学家司马相如比比高低。孙中山还在清朝末年的时候就提出了"振兴中华"的口号，为中国赶上世界上先进的国家而奋斗。有些人笑话他，给他起个外号叫"孙大炮"。本来，有远大志向的人被人们认为是"吹牛皮""放大炮"，也是难免的事。但是，只要我们的目标是经过切实考虑才确定的，又扎扎实实为这个目标去奋斗，那就不是"吹牛皮""放大炮"，而是科学的理想。

有了这样的理想，我们就可以有明确的奋斗方向。杜甫登泰山的诗说："会当凌绝顶，一览众山小。"他登泰山的目标很明确，就是要爬上最高峰。登泰山的人走十八盘，过南天门，上玉皇顶，都是为了这个目标。如果没有这样一个明确的目标，哪里有路就往哪里走，满山乱转，那就很可能白费许多时间和精力，最后也不定能享受"一览众山小"的滋味。

有个同学来拉你一起去溜冰，你说："谢谢你，我今天晚上还有篇作文没写好，不能去。"你今天有了明确的目标，你就能够抵抗外来的诱惑。在人生的征途中，岔路口可以说是多得不可计数，过了一个又是一个。每一岔路口都要你自己选择，究竟往哪里走。只有早日确定了伟大理想的人，才能在这种选择中永远保持正确的方向。

方向明确了，我们就可以把自己的精力集中起来，这样，才有可能达到最大的成就。十个手指头，想按十个跳蚤，结果很可能是一个也按不住。要达到目的，就要把力量集中到一个手指头上来。大家知道，陈景润为证明"哥德巴赫猜想"做出了现在世界上最高水平的成就。他是在什么时候开始向往摘取这颗数学皇冠上的明珠的呢？那还是他在中学读书的时候。从那时以后的30多年，陈景润一步一步地打基础，排除一切干扰，把自己的全部时间和精力都用来向自己的目标前进。在他那个6平方米的小房里，他都在向着他的目标进击。如果他在这几十年里，东摸一下，西摸一下，今天想干这个，明天想干那个，三心二意，还能取得这样的成就吗？当然是不可能的。不要说别的干扰，就说现在世界上的知识，也已经发展到这样的水平：任何一个人都不可能成为每一门学科都精通的人。虽然，各个学科之间仍旧是互相有关系的，我们要尽可能把知识的基础搞得宽一点，特别是在中小学读书的时候，不能偏科。但是，作为奋斗的目标，却决不能四面出击。

实现理想的道路，是充满坎坷曲折的，没有坚强的毅力，就不可能达到光辉的顶点。而只有伟大的理想，才能激发出伟大的毅力来。中国女排在训练的过程中，曾经经受了多少常人难以想象的痛苦。大运动量的训练把姑娘们累得倒在地上爬不起来。在运动场上生龙活虎的猛将身上却是伤痕累累，有的骨头上还留着钢丝，有的一下运动场就站立不住。是什么使她们有那样大的力量，来克服这些难以想象的困难？是一个信念，一个目标：为祖国争光！你也愿意成为一个坚强有力的人吗？那你首先成为一个有伟大理想的人吧！

战国时代的庄子写了这样一个神话故事：北方有一个大鹏鸟，背像泰山那样高，翅膀像天上垂下来的云，飞到九万里高的天上，向南方而去。湖边的小麻雀却笑话它说："这个大鸟想干什么呀！我飞起来不过几丈高，在矮树丛和蒿草之间翱翔，这也就很好了。它飞那么高、那么远干什么呀！"我们在实际生活里也可以看到，对待理想，有两种完全不同的态度。有的人，只想自己找一个轻松的工作，有比较高的待遇，把生活安排得舒舒服服，就满足了。他们对那些为远大理想奋斗的人，也往往很不理解，甚至嘲笑他们是"傻瓜"。其实，这种人的眼光，和《庄子》故事中的小麻雀差不多。我们新中国的少年，难道应当学这种人的样子吗？我想，大家是不会愿意的。

我的少年朋友，把你的眼光放得更远些吧！

理想有什么用处

钟泉最不爱听老师讲理想了。他想：理想有什么用处？既不能吃，又不能玩。有它，一天也是24个小时；没它，24个小时也是一天。都是一样地过日子，要它干什么？他不明白，老师为什么那样爱讲理想。理想到底是什么东西呢？郑老师好像猜到他心里想的问题，在课堂上说："理想就是我们前进的目标。"

钟泉想："目标就目标呗，那又有什么了不起？"

郑老师接着说："我们生活里能不能没有目标呢？譬如说赛跑——"

说到赛跑，钟泉最来劲了，每回跑100米，他都是第一名。可是赛跑能不能没有目标，这个问题他就没有想过。能不能没有目标呢？你往东，我往西，各跑各的，也不知道跑到哪一站算完，这怎么赛呀？

"赛跑不能没有目标。"对于这一点，钟泉心里表示同意了。可是，生活并不等于赛跑，还有许许多多别的事，哪有什么目标不目标！

"人的生活如果没有目标，就会乱撞乱碰，许多事就会做不成功，就会白白地浪费时间，浪费生命。"

把目标忘记了，因而糊涂的事，钟泉也做过。那一次，妈妈交给他10元钱，叫他买味精，买肥皂，买盐。他答应得倒挺干脆，飞也似的跑下楼去。可是，在胡同里被一位做糖人的老头吸引住了。等到老头走了，他才想起买东西的事。走到商店，却怎么也想不出妈妈交代他买的是什么，回家好挨了一顿骂。这不是把目标忘记了，白跑一次吗？可是，这样的事并不是常有的呀！

"在生活当中，在大多数情况下，人们一般不会忘记做一件事情的目标。"郑老师接着说下去，"上个星期天，我们过队日，到颐和园去春游，大家都玩得很高兴。如果我们事先并没有确定一个共同的目标，到了那一天，各人想上哪儿就上哪儿，这个队日还过得成吗？"

"过不成！"这是同学们一致的回答。

"这样的事很多很多。你早上穿衣服，实际上也有一个目标：既保暖，又整洁。如果不是这样，随便捡到哪一件衣服就穿哪件，结果会怎样呢？冬天穿上春天的衣服，不要把你冻出病来？两只不一样的袜子往脚上套，不要被人家笑话？这样的事所以不会发生，就因为我们穿衣服之前心中就有了一个目标。进学校读书，读了一年级，还有二年级，目标是毕业。考试之前复习功课，目标是把要领记住，并且能够运用。我们这个学校的校舍是新建的，建造之前就想到了：要有多少间教室，每间教室要容纳多少学生，怎样采光等等。如果没有这些目标，盖起一座楼，像你们家的单元宿舍那样，拿来做学校，就没法上课了。"

郑老师说得倒是不错，可不能把每一个目标都叫作理想吧，理想也不能有那么多呀。郑老师该怎样解释这个问题呢？只听郑老师说："目标有大有小，有近有远。人们把那些未来的、美好的、比较重大的目标，称之为理想。一个人的一生有一生的理想，一个国家、一个民族、一个社会，有这个国家、民族、社会的理想。"

"理想的目标虽然不是一天能实现的，但是，有了这样一个目标，我们才好计划为了实现这个目标要做些什么事情，要经过哪些步骤，才能更看得清楚今天应该做些什么努力，才可以少走弯路，才不至于把大好的少年时光虚度。"

郑老师的讲话有没有说服钟泉呢？请你们猜猜看。

珍惜少年心中的火苗

找呀找呀找呀找，
找到一个好朋友……

许多少年正是唱着这支歌，或者类似的歌长大的。

跨进了人生的大门，面对着渐渐熟悉又仍然很陌生的世界，一个人在一生中需要寻找多少东西啊！

找友谊，但并不只是在跳舞的人群里；
找知识，也不仅仅是厚的和薄的书里；
找星星，特别是在夏天的夜晚；
找一个个地名，拿着放大镜，俯首向着地图册；
找新的矿藏，为了祖国的振兴；
找英雄，作为自己学习的榜样；
找自己的岗位，希望能够充分发挥自己的聪明才智。

但是，至少我过去并没有想到，还需要寻找理想。我们过去也找过，那是找实现理想的道路。至于理想，它就在我们自己的心里，也只能在人们自己的心里，不是从外面可以找得到的东西。

然而，我又不能不承认，无锡钱桥中心小学十位同学开展的"找理想"活动，是一项极其有意义的创举。

因为，理想，对少年来说，真是太重要了。和他们要寻找的其他任何东西相比，理想都要占首位。少年，正是在人生的起跑点上。这一辈子将要走什么道路呢？理想，就是生命的航向，就是人生的精神支柱。失去了理想，浑浑噩噩，人生还有什么意思！

因为，理想的确是需要培植的。它虽然是人们自己心中的一团火光，但是从火苗到熊熊燃烧，还有一个过程。人不可能一生下来就有远大的理想，而只能由近及远，逐步地树立。理想初步树立了之后，对于它的内涵，又有一个逐步明确和充实的过程。许多人在他们的一生中还往往需要对自己的理想目标经过若干次修正以至于再抉择的过程。

在这个过程中，理想的失落，是有可能发生的。对理想的目标产生某些怀疑、动摇，有一点迷惘，更是难以完全避免的事。

这种摇摆是怎样产生的呢？就某些成年人说，可能是由于满足于某一个阶段的目标的实现，从而不思进取。在少年当中，这种情况还比较少见。多数的情况和无锡这十位小朋友给巴金同志的信中所述的类似。主要是两条，一是看到现实社会上有许多和自己的理想相矛盾的现象，例如"一切向钱看"之类；二是发现实现理想相当困难，甚至遇到若干挫折。入世未深的少年人有这两方面的问题并不奇怪。他们对于人类为理想而奋斗的历史知道得还不多，对于究竟什么是理想，以及实现理想的道路，也难以有深刻的了解。其实，理想和现实历来都是有矛盾的，如果理想直接和现实完全一致，那要这样的理想还有什么用？还何必为这样的理想而奋斗？改变现状，实现理想，又是相当艰难的。如果不难，前人早就会把这些问题解决了，不可能留到现在等待我们去奋斗。但是，说实现理想不容易，不等于说它没有希望。如果真是没有希望的事情，人们也不会有兴趣去奋斗的。理想和现实有矛盾，但又是现实向前发展的必然结果。实现理想的因素就蕴藏在现实之中。这首先就是人，那些有理想的人，正是为实现理想而奋斗的人。

无锡钱桥中心小学的十位同学是很聪明的，他们很有眼力，在茫茫人海中找到了巴金、袁伟民、韦钰、张海迪、杜芸芸、栾菊杰等这样一群有理想的人。他们的答复当然是有说服力的。他们不仅仅是用语言，而且是用自己的行动，像巴金同志这样81岁的老人更是用自己毕生的行动，来回答这些少年的。语言，只是帮助人们更加看清他们的内心世界，分享他们力量的源泉。

正如巴金在回信中指出的，这几位"找理想"的少年，其实并没有"迷途"，他们心中理想的火焰并没有熄灭。他们"找理想的行动本身就说明了这一点。他们是有点感到孤独了，他们实际上是在找朋友，找同志，找力量，找支持他们坚持正确的理想的力量。我们相信，他们心中理想的火苗一定会燃烧得更旺盛的。

现在，《人民教育》和《北京教育》两家杂志编辑部把有关这次"找理想"活动的材料编辑出版，又是一件有意义的事。它不但可以使更多的少年分享无锡钱桥中心小学十位同学这次活动的成果，更提醒我们每一位成年人，特别是担负着教育少年儿童任务的人：应当怎样珍惜少年心中理想的火苗，小心地保护它，培植它。祖国的"四化"大业，正期待着有理想、有道德、有文化、有纪律的一代新人成长呢！

到中流击水，浪遏飞舟

"万里长江横渡""不管风吹浪打，胜似闲庭信步"，同学们都很熟悉，这是毛泽东同志《游泳》词中的两句。他老人家到七十多岁还能在长江中游泳，既显示了他雄伟的革命胸怀，也和他有健全的体魄分不开。他从少年时期起就很注意锻炼身体，为后来长期艰苦的革命工作准备了一副好体格。

毛泽东同志生于1893年12月26日，那还是清朝皇帝统治的时候，封建的教育制度把小孩子束缚得紧紧的，学生们一个个都像小老头似的。后来，毛泽东到长沙湖南第一师范学习，虽然已经是民国初年，学校里也设了体育课，可是仍旧流于形式，得不到重视，学生的课业又很重，有一年，竟病死了7个同学。举行追悼会时，有个学生写的挽联，引起了大家的注意：

为何死了七个同学？
只因不习十分钟操。

这个挽联的作者就是毛泽东。他强调"十分钟操"也就是课间操，为的是唤起广大同学对体育锻炼的自觉。

毛泽东是一个胸怀大志的人，他认为顾炎武的"天下兴亡，匹夫有责"这句话很有道理，立志为富国强兵而献身。1915年5月7日，袁世凯签订了卖国的"二十一条"，毛泽东无比愤慨，在一本揭露袁世凯罪行的小册子上写道：

五月七日
民国奇耻
何以报仇？
在我学子！

为了担负起挽救祖国危亡的重任，毛泽东刻苦地学习各种科学知识，探索救国救民的真理。他注意锻炼身体，也是为了这个目的。

他认为，身体是载知识的车子，住道德的房子，因此，应该德智体"三育并重"。

毛泽东经常用冷水洗澡。不分冬夏，每天清晨都用井水一桶桶往身上淋，然后用浴巾把全身擦得发热。他说，这样做，一来可以增强体质，二来可以锻炼意志与毅力。同学问他，天寒地冻，把冷水往身上泼，是不是感到难受。他说，最初几次是难受，但下决心突破困难，就习惯成自然了。

毛泽东还利用风、雨、太阳等自然条件进行锻炼。夏天烈日当空，他穿条短裤，站在室外晒太阳，叫"日光浴"。有一天夜晚，电闪雷鸣，狂风大作，暴雨倾盆。青年毛泽东顶风冒雨，跑上岳麓山，然后又从山顶跑下来。这是他在实践"风浴"和"雨浴"。

毛泽东在第一师范学友会工作的时候，积极提倡乒乓球运动，每个班级都做了网架，到处都是乒乓声，人家说他是"乒乓狂"。但是，他不赞成只是为比赛争名次而锻炼。当时有些参加田径和球类选手队的同学，不爱学习，毛泽东总是劝他们，要弄清运动的目的是为了增强体质，有充沛的精力去搞好学习，担负起改造社会的大任。

毛泽东最喜爱游泳。他年轻时有诗说："自信人生二百年，会当水击三千里。"第一师范前面就是湘江。毛泽东经常邀集同学到湘江中的橘子洲头附近和南湖港一带游泳。他有一首《沁园春》词，回忆和同学们游湘江橘子洲头的情景："恰同学少年，风华正茂；书生意气，挥斥方遒。指点江山，激扬文字，粪土当年万户侯。曾记否，到中流击水，浪遏飞舟？"写的当然不只是游泳，而首先是这些少年同学们对革命的议论，但也包括了游泳的活动在内。

新中国成立后，毛泽东在和一些老同学谈话时，回忆起当年的往事，又说，有志参加革命的青年，必须锻炼身体。他举《红楼梦》为例，说其中的两个主角，都不太高明。贾宝玉不能料理自己的生活，连吃饭、穿衣都要丫头服侍。林黛玉多愁善感，好哭，瘦弱，多病，只好住在潇湘馆，吐血、闹肺病。这样的人，怎么能革命呢？我们不需要这样的青年！我们需要坚强的青年，身体和意志都坚强的青年。

毛泽东是伟大的马克思列宁主义者，是我们的革命导师。我们学习毛泽东，首先要学习他把马克思列宁主义同中国革命的具体实践相结合的光辉思想，也要学习他的革命意志和品质，学习他德智体"三育并重"的精神。毛泽东年轻时说："与天奋斗，其乐无穷！与地奋斗，其乐无穷！与人奋斗，其乐无穷！"

奋斗吧！你也会发现无穷的乐趣的。

和雷锋比童年

毛泽东同志号召我们："向雷锋同志学习。"

周总理指出，要学习雷锋同志"憎爱分明的阶级立场，言行一致的革命精神，公而忘私的共产主义风格，奋不顾身的无产阶级斗志"。

大家都知道，雷锋是一个平凡而伟大的共产主义战士，他决心把自己"有限的生命，投入到无限的'为人民服务'之中去"。他是一颗永不生锈的螺丝钉，拧在哪里就在哪里发挥作用。他只活了22岁，在他短短的一生中，曾经经历了几种不同的工作岗位。在每一个岗位上，他都做出了出色的成绩。在农业战线上，他是治水模范，是优秀的拖拉机手。在鞍钢，他连续3次被评为先进生产者，18次被评为标兵，5次被评为红旗手，并且出席了鞍钢社会主义建设青年积极分子大会。在部队里，他又多次立功，荣获模范共青团员的称号。他不愧是一位又红又专的典范。他在平凡的劳动中，为祖国、为人民建立了不朽的功勋。

为什么他的思想境界这样高？

这就不能不从他苦难的童年谈起。

1940年12月18日，雷锋出生在湖南省一个贫苦农民的家里。在他很小的时候，他的爷爷就得了重病，又被地主逼债，又急又气，在年关时节被活活逼死。他4岁的时候，父亲被日本侵略军拉去做挑夫，遭到毒打，大口大口吐血，病越来越重，无钱医治，拖到第二年春天死去。他的哥哥12岁就当童工，经不起折磨，得了肺结核，又无钱医治，在雷锋6岁的时候死去。接着，小弟弟连饿带病，也死去了。妈妈为了养活雷锋，到地主家里帮工，却受到地主恶少的凌辱，她无处申冤，也悬梁自尽了。这时雷锋还不满7岁，就成了孤儿。但是，他记住了妈妈临死前的嘱咐：要长大成人，要记住亲人都是怎么死的！

雷锋硬撑着活了下来。他瘦得不像人样，浑身又长满了疥疮，到有钱人家去讨饭，人家都不准他挨近大门。他上山砍柴，被地主婆看见，抢过他的柴刀，在他手背上砍了3刀。要知道，雷锋这时不满9岁啊！

我们知道了雷锋的童年，就可以知道他为什么这样热爱党，这样热爱新社会，为什么这样忘我地劳动，他的青春为什么能闪耀这样美丽的光辉。

1949年8月，雷锋的家乡解放了。看见第一批路过的解放军，这一个不满9岁的孩子就要求参军。他说："别看我小，我什么也不怕。""我要报仇啊！"

雷锋这一次参军的要求当然没有得到批准。但是，他的仇报了，千千万万劳动人民的血海冤仇，得到了申雪。恶霸地主被镇压了，他们霸占去的土地还给了农民，雷锋也得到了新生。他有了上学的机会，还加入了少先队。他知道红领巾是革命先烈用血染红的，在第一次戴上红领巾的时候，他就下决心要用实际行动把红领巾染得更红。他从来没有忘记这个决心，可以说，他的一生就是实现这的决心一生。

1960年，正是我们国家的困难时期，雷锋在日记本上抄写了一首诗，最好地表示了他对党的感情：

唱支山歌给党听，
我把党来比母亲，
母亲只生我的身，
党的光辉照我心；

旧社会的鞭子抽我身，
母亲只会泪淋淋，
共产党号召我们闹革命，
夺过鞭子揍敌人。

尝过黄连的苦，更能体会蜜糖的甜；越是看到新社会的好处，也就越是能认清自己对社会的责任。和雷锋比一比童年吧！想一想我们的幸福生活是从哪里来的；为了创造更加幸福的未来，需要我们做出什么样的努力；怎样使我们的青春更加美丽，使我们的生命对人民更加有价值。当我们真正体会雷锋的思想感情的时候，当我们也像雷锋那样把自己的一生贡献给人类历史上最伟大壮丽的事业——共产主义事业的时候，我们就一定能够像雷锋那样，在任何一个平凡的岗位上创造出不平凡的英雄业绩！

六十年前我们在想些什么

今年是中华人民共和国成立六十周年。

60年前，我还是个19岁的少年。在这以前，一个少年头脑中会想些什么呢？

我家在长江边上一个小城市。我6岁入学，7岁时日本人打进来，我们家就逃难到巢湖边上的一个小山村。村子里没有学校，小伙伴们也不上学，我就随着他们到地里挖红薯，只觉得很开心。

没多久，我们又接着向武汉方向逃难。一路上看到不少日本飞机丢炸弹的弹坑。到了武汉，天天躲警报。日本飞机不断轰炸，人人都痛恨小日本。我心里想，日本那么小，中国这么大，人这么多，为什么日本人能欺负我们，我们就打不过他们呢？

后来，在防空洞里捡到一本破旧的《三国演义》。我囫囵吞枣地读下去，十分佩服诸葛亮，心想现在中国要有几个诸葛亮就好了。诸葛亮能造木牛流马，也一定能造飞机。我想到山村里没有书念的小伙伴，就想长大以后去当山村的小学教师。让这样的小伙伴也能上学，学好了造飞机，让人家不能欺负我们。

后来又接着逃难，辗转来到上海的租界里接着读书，在小学里我最崇拜一位语文老师。可是，后来才知道这位女老师只有一件蓝布旗袍，如果星期六洗了不能干，她就不能穿着来上课。这时我才想到，当教师怎么这么苦。

我的小学同学当中有一位门门功课永远考第一名，又会主持公道，保护弱小的男生。可是这位出色的同学却不能上中学，因为他父亲死了，母亲给别人帮佣，他只好去做学徒。我想，读书读得好又有什么用呢？

我自己上了中学就得为学费发愁。社会上有慈善机构办奖学金，得自己去申考。暑假里我走很远的路去报名，去考试。回家的路上烈日炎炎，汗如雨下。我心里想，要是能吃一根冰棍多好呀。但是不可能，因为我连坐电车的钱都没有。

我到四年级还没有钢笔（那时没有圆珠笔）。五年级时父亲给了我一支断了杆的钢笔，我用白铁皮包着把断杆接上，这是我最珍惜的宝贝，一直用到初中，还是不小心丢了。四处寻找不到，就不断地做梦，梦里捡着了钢笔，醒来又在枕头下找。后来再做这样的梦时已经知道是做梦了，心想我紧紧抓住钢笔，醒来就不会丢了。当然还是无效。

我们周围还有更穷的人。棚户区里民工、摊贩的子女上不了学，我们这些十几岁的中学生就来帮他们办个不收费的夜校。我们学校的校长答应把教室免费给我们晚上使用，不收水电费。我们自己写招生布告，到棚户区张贴。夜校办起来，开始很红火，可是学生愈来愈少。我们以为是自己没有经验，讲得不好。努力研究改过，也无效。去学生家里家访，才知道人家不但没钱念书，更没钱吃饭，每天晚上要帮父母糊火柴盒子、整理蔬菜、磨豆腐。

这时才慢慢想到还是要参加革命。但开始时的理想也只是人人有工做，有饭吃，青年人有书念，并没有想到要过怎样好的日子。

Well Begin Is Half Done

快要开学了。我送你这句英文谚语，翻译成中文意思是：良好的开端等于成功的一半。祝你从第一课开始就把学习抓紧。

这道理是很简单的。中国的古话说："千里之行，始于足下。"万里长征也要从脚底下这第一步走起。没有这第一步后面的路怎么走呢？有一个笑话说：一个人肚子饿了，吃了一个烧饼没有饱，再吃一个还没有饱，吃到第三个才觉得饱了。他说：早知道吃了这个烧饼就能饱，我就不吃前面那两个了。你一定会觉得他说的是傻话。没有前面那两个烧饼垫底，光吃最后这一个烧饼怎么能填饱肚子呢？

可是，在你们的同学中，恐怕不会没有这样的人：平时，特别是学期开始的时候，什么也不在乎，等到快考试了才着急起来，拼命开夜车，结果学习成绩当然不会理想。这样的同学，不是有一点像那个只重视最后一个烧饼的人吗？

人们往往觉得开头的那几课简单、容易懂，有的就是自己过去学过的东西，有的似乎一看就明白，因此不感到有多花力气的必要。

本来，马克思说"万事开头难，每门科学都是如此"。面对一个从来没有接触过的新的学科，怎么会不难呢？有的人反而觉得开头容易，这是因为我们的课本编排，是从学生现有的知识水平出发，是要让学生从巩固和运用已有的知识，来一步一步地接受新的知识。这样做，是为了使学生对新的课程容易入门。如果一上来就是一大堆陌生难懂的东西，那你就会像看天书一样，觉得无处下手，甚至失去学好这一门课的信心。

但是，这些似乎容易懂得的东西又确是进一步学好全部课的基础。把开头的部分真正学懂了，而不是似乎懂，就会觉得后面的一步一步也容易学、容易懂，就会学得比较轻松、比较主动。如果开头马马虎虎，满足于似懂非懂，就会越学越吃力，越学越感到困难多，到头来还是要被迫回过头来重新弄通前面这些"简单"的东西。有的同学始终学不好某些课程，往往和他们不重视打好这个"立正""开步走"的基础有关系。

我们学习的是科学。科学是有严密的体系的，是一环扣一环的。比如在平面几何的开头，我们可以看到十几条公理，好像都很简单：两点之间直线为最短，这一类东西，谁不知道呀？但是整个一本平面几何所讲的定理都是用这十几条公理一步步论证出来的。如果对这些公理了解得含糊，后面当然就不容易学好。

英语的开头就是那26个字母，不是很容易认吗？你在小学又学过一点英语，是不是现在就可以马虎一点呢？我看也不行。英文是拼音文字，成千上万的词都是用这26个字母拼出来的。如果字母的音有几个念得不那么准，就会影响到成千上万的词都念不准，自以为念出来了，英国人却听不懂，这怎么能算学好英语呢？何况英语里有些音是汉语里根本没有的，掌握起来更为困难，怎么能不一开始就好好用心呢？

人的头脑容易先入为主。当我们对一件事情一点也不知道的时候，我们的头脑好像是一张白纸，随便什么颜色都能容易地往上画，比较容易接受关于这件事情的知识。但是如果头脑里已经有了这件事情的错误印象，再要改正过来，就要困难得多。好比这张纸已经画成绿的，就不容易改成红的了。唐朝诗人贺知章有一首题为《回乡偶书》的诗：

少小离家老大回，
乡音无改鬓毛衰。
儿童相见不相识，
笑问客从何处来。

从小离开故乡，到头发开始秃了才回来，在外面住了几十年，口音还没有变。"乡音"所以这样难改，就因为那是从小开始学的东西。

现在有的外语教育工作者主张：如果没有好的老师，宁可晚点开外语课，免得学生学歪了，纠正起来更加费力。这种主张虽然比较绝对，但不是没有一点道理。

我们现在有机会学外语，一开始就要把它抓紧学好。别的课也同样，要在一开始就把概念弄准确。

许多课一开始都有一章叫"引言"。同学们也容易因为它不是正文，又不留习题，而不重视它。其实只有学好引言，我们才能对这门学科有个总的印象，知道它是讲什么东西的科学，知道学习这门科学的基本方法。有的同学平时每堂课似乎都听明白了，习题也做得不错，可是考试结果，成绩总不见佳，原因之一就是不能把所学的学科看成一个整体，不会综合运用。这个问题不解决，将来升入高年级就会更感到困难。以后我们还可以专门讨论这个问题。这里只是希望你首先要把引言课当作正课一样，甚至要把它当成更重要的正课来学。

人们常说过日子是"由俭入奢易，由奢入俭难"。大手大脚惯了，很不容易改过来。

学习也有同样的道理：由勤学变懒散容易，由懒散变成勤学就比较费劲。我们看一些同学的作业本，开始几页还比较端正，往往是愈到后来愈潦草；开始马虎，后来认真的也有，但就比较少见。这也告诉我们，要注意把头开好，一开头就抓紧，并且长期保持下去，才能形成良好的学习习惯。

不要以为现在刚开学，时间有的是，反正来得及。要知道今天有今天的学习任务，明天有明天的学习任务，背着欠账过日子，就会包袱愈背愈重，愈来愈觉得时间不够用。那时候后悔也来不及了。其实这个道理在日常生活当中人人都容易明白。下棋要研究开局，赛跑要讲究起步快，比足球决不会因为反正有90分钟，先让对方踢进两球也无所谓。农村里收了粮食，家里堆得仓满囤尖，老人们总要告诫说，要从囤尖上省起。等到粮囤见了底，再想节约也无从节约了。我们就是要学习这个从囤尖上省起的聪明，从第一课开始就把学习抓得紧紧的。

这里有一个困难，就是假期刚过，有些假期里的事似乎还没有完成：昨天输给隔壁小明一盘棋还没有翻过来，前些日子借的一部长篇小说还有半本没看完，等等。就是说，人虽然开始上学了，心还有一部分留在假期里，这也是难免的。春夏之交，秋冬之交，气候变热或者变冷了，但是人们的思想却往往来不及跟着变，于是该添衣服的时候没有添，该脱衣服的时候没有脱，难免要闹一点感冒之类的毛病。懂得这个规律，让思想变得快一点，毛病就可以闹得少些。从假期到开学，也是一个"之交"，我们的思想也要变得快一点，早一点把心收回来才好。

我们说的"Well begin"不单是指的第一课。从整个学习阶段来讲，一年级就是一个开始，从人的整个一生来说，在学校里学习的阶段，不过是人生的开始。你在学校里学得好不好，对你的人生都将有重大的影响，你说是不是呢？

明天上什么课

看了这个题目，你可能以为我写错了。明天的课还没有上，怎么就来问了？要问今天上什么课还差不多。

不，我没有写错。我就是要问你：明天上什么课？而且还要问你：这些课文你都看了吗？看懂了吗？要点是什么？有哪些不明白的地方？课文后面附的思考题和习题会不会做？而且还希望你把这些问题每天都问自己一次。这些问题的内容总起来就是两个字，叫"预习"。

啊呀！今天的功课还来不及复习呢，哪有时间去预习呀？再说，老师还没有讲，自己怎么能看懂？不然，为什么还要进学校，听老师讲？

且慢，你先不要急着抗议。听我说下去，你就会知道预习的必要。学会预习这个办法，不但不会浪费你的时间，而且能既节省你的时间，又能促使你学得更好。

古话说："凡事预则立，不预则废。"事情只有有准备，才能做得好，没有准备就要失败。农民种田，在播种之前要先检查农具、肥料、农药、种子等等的准备情况，叫作备耕活动。而且还要拿出一部分种子，试一试发芽率怎样。优秀的工人也总是提早上班，了解上一班的生产情况、下一班的任务、机器运转的状况、这一批原料的特点等等，做好生产的准备。毛泽东还把"不打无准备之仗"列为一条军事原则。难道我们的学习就可以和这些事情相反，不需要准备就可以学好吗？

老师还没有讲，自己能看懂吗？

能，多数的部分自己能看懂；自己看不懂的部分也会有，但是不会很多。不相信，你试一试就知道了。

比如，打开新的语文课本，总有多数的字和词是你已经认识的。有几个不认识的字、不熟悉的词，看一下书上的注解，或者查一下字典也就知道了。这样，再加上自己用心想一想，这个课文大体上就可以读懂了。

又比如，打开新的数学课本，那上面讲的道理，也无非是运用你已经学过的知识，又引进了新的定义，来推出新的结论。如果我们认真地而不是马虎地，严格按照书上的步骤看下去而不是随便跳过去，大体上也是可以看明白的。

说"大体上"，就是说不是全部。总还会有一部分内容：或者是自己虽然用了心思，但仍旧看不懂；或者是自己没有注意到，以为不重要就忽略过去了；或者是自己理解错了。

这样好不好呢？好。

对于新的课文，我们本来是一无所知的，可以说是"一片混沌"。可是，经过预习，我们就把这新的课文"一分为二"，分解成了两个部分：一部分是我们已经明白的，一部分是我们不明白或者不很明白，或者理解错了的。

有了这个"一分为二"，我们进入课堂听老师讲授的时候，就有了主动权，我们的思想就能够积极地开动起来，而不是消极地、被动地等着老师向我们头脑里灌什么算什么。

打仗的时候，为了了解敌情，有一个办法叫火力侦察。先派出小部队打一下，就可以把敌人的碉堡、火力点都暴露出来，就可以知道什么地方要攻坚、什么地方可以迂回，就可以在攻击的重点上集中使用自己的兵力。

预习也是这样。预习时候发现的难点，就可以成为我们听讲时候的重点。老师讲到这一部分，我们就会特别注意听。因为曾经经过自己的苦思苦想，所以听起来印象就会比较深，也比较不容易忘记。

即使听老师讲过以后，自己还对某一点有不明白的地方，那也会比较容易提出疑问来，进一步向老师求教。

至于自己在预习中理解错了的地方，到了课堂上就会发现和老师讲的有矛盾。这个发现对我们的学习很重要。本来，世界上任何事情，都是在矛盾当中运动前进的。有了矛盾，才会运动，才会前进。什么矛盾也看不见，那不就像一潭死水了吗？学习也是一样也要在矛盾当中前进。实际上矛盾总是存在的，就怕我们不知道没有发现，糊里糊涂，听老师讲的时候觉得头头是道，顺理成章句句都对，好像事情本来就是这样，什么问题也提不出来，好像自己也是这样理解的。真的这样吗？实际上不见得。等我们自己课后做习题、做作文的时候，到实际当中去运用的时候，往往就露出馅来了。我们自己对问题的错误理解又会跑出来作怪了。作文中的用词不当，练习中的错用定理，这一类的毛病往往就是这样发生的。这时候，即使自己发现了矛盾，再想问老师，也不如在课堂上那样方便了。

经过预习，可以使我们自己的错误理解和老师的讲解不同这个矛盾早一点暴露出来，有一个鲜明的对比，就可以促使我们去想想：为什么应该那样理解而不是这样理解呢？自己原来是按照怎样的思路想的？正确的结论又是按照什么路子得出来的？自己的思路究竟错在哪里？是忽略了某个因素？还是把两个不同的因素弄混了？找到了毛病也就有了进步，以后复习、解题、练习都会省力得多。

那么，自己看明白了的部分，再到课堂上听老师讲一遍，是不是重复浪费时间呢？也不是。这时候的听讲等于是最有效的复习。可以使我们对这一节新课的纲领、条目理解得更清楚。比毫无准备地听了课以后再去复习，效果要好得多了。

课堂上学习的进度是由老师的讲解来支配的，预习却是一种主动的学习，放在面前的书，听任你的支配，什么地方不明白，尽可以回头再看，还可以把放在不同段落里讲的东西放在一起来比较。要预习好，必须多动脑子想一想。有的字虽然原来认识，但是原来的解释放到这里却说不通了。有些语法是过去自己没有见过的。自己能不能学着用一用呢？课文后面的思考题、习题，也不妨试一试自己会不会做。总之，愈是主动，矛盾暴露得愈充分，也就可以学得愈好。

预习的最大好处还在于养成自学的习惯，学会自己看书，提高独立分析问题、解决问题的能力。知识的海洋无比广阔，教科书里所能容纳的，学校里所能学到的，终究是有限的。要有学问，还要靠自己去抓得来。这是一辈子的事情。我们在学校里，就要培养自学的习惯和能力。现在你们的老师讲得比较细，一节课只讲一点随着年级的升高，老师的讲授会越来越快；到了大学，一节课有时候甚至会讲几十页，下课后还要看大量指定的参考书。如果没有自学的习惯和能力，就很难适应。培养这种习惯和能力，是我们在中学阶段学习的任务之一。从这一点说，搞好预习，不仅是为明天的课做准备，而且是为今后升入高年级、大学的学习，为一生的学习做准备。你看重要不重要呢？

陀螺的启发

朋友，你玩过陀螺吗？一个小小的上大下尖的东西，当它高速旋转的时候，无论你从哪个方向推它，它都能保持直立的状态不变，不受外界的干扰。人们正是利用了这小玩意儿的特点，制造了各种陀螺仪，装在飞机、轮船上，作为导航的工具，帮助飞机和轮船保持正确的方向。

陀螺为什么有这样的妙用，这个科学道理我们留到物理课上去研究。我在这里想谈的是：陀螺的这种不怕干扰的特性，对我们的学习是不是也可以有什么启发呢？

聪明的孩子，你一定马上想到：要是我们在学习的时候，也能像陀螺那样不受干扰，那该多好！

是的。学习是一种脑力劳动，只有思想集中才能学得好。俗话说："心无二用"，思想开了小差，学习效果就谈不到了。

战国时候的孟子，曾经说过这样一个故事：

有一次，全国闻名的棋手弈秋教两个人下棋。一个人专心致志，集中注意力听弈秋讲课。另一个人似乎也在听，心里却在想着好像有天鹅飞来了，琢磨怎样用弓箭去射下来。这两个人虽然在一起学，成绩可就大不一样了。孟子说：是第二个人不如第一个人聪明吗？不是的。原因在于"不专心致志，则不得也"。

可能你也有类似的经验。特别是数学课，老师的讲授是一环扣一环，一步一步深入的。只要思想开了几分钟小差，即使马上再集中注意力，也往往只能听个若明若暗，似懂非懂。为了弥补这几分钟的分心所造成的损失，很可能需要你付出几倍甚至十几倍时间的代价，这真是太不划算了。

毛泽东在讲到打仗的时候说过：军事家都知道集中兵力的重要，但真要实行就不容易了。在学习当中也是这样，差不多人人都知道集中注意力的重要，但就是难以做到。

什么原因呢？许多人说：干扰太多。上一节测验有个题目不知做对没有，怎不叫人牵肠挂肚；下一期墙报要一篇稿，想了好久，刚想出了点点子，又怎么放得下；前面座位上那位同学做了一个滑稽的小动作，怎么能忍住不去看他呢！过去、现在、未来，三个方面都有种种因素把我们的心往外拉，分一点心大概也是难免的吧！

我承认这个难免。但正因为这个难免，我们更要注意提高抵抗干扰的能力，并且及时地把跑出去的心收回来。做不到这一点，我们的学习任务就不可能完成得好。

古往今来，许多有学问的人都是善于集中注意力的。

北宋的大历史学家司马光，小的时候记性不如别人。一同读书的兄弟们已经把课文背熟，出去玩了，他往往还没有读熟。每到这个时候，他就把门插上，把窗帘放下，把自己关在屋里，非到背熟不出去。通过刻苦的学习，司马光终于成了一位博古通今、知识渊博的人。

司马光这种对付干扰的办法，叫作"躲"，就是所谓"眼不见为净"。你们玩你们的，我不看，也就不动心了。这个标准比较低。要做到看了像没有看见一样不分心，才是高标准的专心致志。传说毛泽东年轻的时候，曾经故意拿着书到城门底下人来人往最热闹的地方去读，这就是自觉地锻炼自己抵抗干扰的能力了。其实，许多科学家、发明家，当他们在钻研问题的时候，都常有这样的情况：无论外界发生什么事情，他们听了好像没有听见，看了好像没有看见，以至于拿了怀表当鸡蛋去煮，把肥皂当作面包来吃，在生活上闹出许多笑话来。他们的成就和他们专心的程度是一个正比例的关系。外界的干扰，对他们来说，好像并不存在。

你大概知道法国大科学家居里夫妇吧。是他们发现了放射性元素镭，打开了原子时代的大门。但是他们的研究是在很困难的条件下进行的。贫穷威胁他们的生活，家务劳动分散他们的精力，他们的实验室只是学校的一间堆置废物的旧棚子，他们甚至买不起做提炼用的材料——废沥青，更不用说精密的仪器了。他们怎样抵抗种种干扰的呢？居里说："当我像嗡嗡作响的陀螺一样高速旋转时，就自然排除了外界各种因素的干扰。"

看来，陀螺的秘密就在于一种力量使它能高速旋转，人在学习中要抵抗干扰，也要首先找到这种动力。

在旧社会，许多人把升官发财作为读书的动力。他们说："书中自有黄金屋，书中自有千钟粟。"这种动力当然是太渺小了。这种人只是把书本当作"敲门砖"，一旦当了官，发了财，书也就可以抛掉了。或者遇到什么打击，对升官发财绝望了，这种学习的动力也就不存在了。

还有一些真正有志气的人，他们真心诚意地希望以自己的科学研究来为人类造福。他们的目标是崇高的，因此也就获得了更强大的动力，往往也能取得比较优异的成绩。但是，在那样的社会里，他们并不能真正掌握自己的命运，他们的研究成果往往被地主、资本家拿去作为剥削和压迫劳动人民的工具。这是那些正直的科学家永远不能摆脱的苦恼。

只有在我们这样的社会主义社会，科学真正回到了人民的手中，我们研究的一切成果，都将属于人民所有，为人民造福。伟大的祖国把希望寄托在我们青少年身上，也把最伟大的动力赋予了我们。我们清楚地看到，今天的学习就是为了使我们的国家早日实现四个现代化，彻底摆脱贫困和落后；就是为了使我们的人民有更充足的粮食，更丰富的营养，更美好的服装，更舒适的住宅，更多彩的文化生活；就是为了使我们国家更加强大，再也不受别人的欺侮；就是为了早日实现我们的伟大理想——共产主义。看到我们身上的担子，就会感到时间和精力都不够用，再不能白白地被干扰和浪费掉了，我们就会有最坚强的毅力来同种种干扰斗争，不断地排除它们。

少年时期是长身体的时期，我们的头脑也不能使用得过度。在一个问题上注意力集中久了，就会感到疲劳，难以坚持下去。这是人的身体自动采取的一种保护措施，我们不要违反这个生理规律，要有张有弛，要善于及时地转换研究的课目。转换了，另一部分脑神经细胞兴奋，原来兴奋的那一部分就可以得到适当地休息。上课45分钟以后，有一个课间休息，课程表上把不同的课目交叉排列，都是这个道理。自觉地、有计划地转移注意力，正是使我们能够集中注意力的条件。希望你在自习的时候也能注意到这一点。

有的时候正在学习这一门课，又突然想起另一件重要的事，想下去怕干扰自己的注意力，不想又怕忘了，捡不起来又丢不掉"才下眉头，又上心头"，确实是很为难的。这时候，可以在纸片上简单地写几个字，使自己以后容易重新想得起来。事情有了着落，放心了，也就容易暂时排开了。

在保持自己的注意力方面，你一定也会有一些好的经验，不妨回顾总结一下。这样做，肯定会有好处的。

学和问

记得你在小学的时候，很喜欢看《十万个为什么》。这确实是一部好书。它收集的问题虽然还远远不到十万个，但是也已经是天上地下、古往今来，包罗万象了。你现在还喜欢这一类书吗？还保持着对什么事都要问一个"为什么"的习惯吗？

许多人在童年时代都经常爱问"为什么"。天上的星星为什么不掉下来？地上的水为什么不往高处流？人为什么会生病？植物为什么会开花？收音机为什么会唱歌？电灯为什么会发亮？好像有数不完的问题。

随着年龄的增长，有的人把这个习惯保持下来了，也有许多人脑子里的"为什么"愈来愈少。有的即使想到一些问题，也往往不好意思提出来，以为提那么多问题是幼稚的表现。他们说，年龄大了，知识多了，问题自然就少了。

其实，这种说法是不科学的。

我们知道，关于客观世界运动变化规律的知识，是无限的；每一个人的生命则是有限的。年龄再大，学问再多，也不可能做到全知全能，总有你不懂的东西。怎么能说问几个"为什么"就是幼稚呢?

有人曾经做过这样一个比喻：我们已经有的知识好比是知识海洋中的一个圆圈，知识愈多，这个圆圈就愈大，它的圆周也愈长，我们和未知的知识的接触面也就愈多，就愈会感到自己的知识不足。这样的人，他们能够提出的"为什么"当然也会更多些。

事实正是这样，许多有学问的人，同时也是善于提问题的人。我国春秋时候的大学问家孔夫子就有"每事问"的精神，毛泽东曾经号召我们要学习他的这种精神。战国时候的大诗人屈原，曾经写过一首长诗，题目就叫《天问》，里面一共提了172个问题，从宇宙有没有开头，一直问到当时那种"君权神授"的主张是从哪里来的。这个不朽的名篇反映了我国古代人民追求真理的强烈愿望。

许多科学家、发明家也是爱问"为什么"的人。美国著名的大发明家爱迪生从小就是这样，别人认为自然而然的东西，他总要问一个"为什么"，查查它的前因后果。邻居把他看成怪人，老师说他是个"搞乱"的孩子，学校将他开除。幸好，爱迪生没有因此放松学习，也没有因此丢掉好问"为什么"的习惯；否则，他后来的2000多项发明就出不来了。英国科学家法拉第看到电能使软铁变成磁铁，就提出了一个问题：电能生磁，磁为什么不可以生电？经过9年的刻苦研究，终于创造了历史上第一台感应发电机，开辟了伟大的电力时代。有人问著名的日本机器人专家加藤一郎，他是怎么会想到研究机器人的？他说，他小时候对人的手为什么那么灵巧觉得不懂，为了解决这个疑问，阅读了大量的医学书籍，还学了哲学，以后又学机械，才开始研究机器人。一部科学技术史告诉我们，如果没有这种不断地问"为什么"的精神，也就没有人类科学技术的发展。可见，爱问，善问，不但不是幼稚的表现，而且是探索真理的必经之途。

科学研究离不开问，学习也离不开问。毛泽东经常说："真正好学的人，必定是虚心好问的人。"不问，怎么能使别人的知识变成自己的知识，使自己对某个问题从不懂变成懂呢？宋朝有两个哲学家，一个叫张载，一个叫朱熹，一个是唯物论者，一个是唯心论者，这两个人的思想是相反的，但是在学习必须善于提出疑问这一点上却有一致的意见。张载说："学则须疑。"朱熹说："读书无疑者须教有疑，有疑者却要无疑，到这里方是长进。"不会提问题，书上写什么，老师说什么就是什么，一概照单全收，那个知识是靠不住的。一来上了书的并不能保险都对，二来即使是对的，不经过细细的咀嚼、消化也不能成为自己的东西，到实际生活当中还是不会运用。与其将来碰了钉子再来怀疑所学是否真是真理，不如在学的时候多想一想，多问几个"为什么"，把这些疑问都解决了，那知识也就真正到手了。

有的同学对于被动地接受灌输已经习惯了，让他提问题，他说提不出来。怎么办呢？这就要自觉地有意识地去锻炼这个提问题的能力。许多事情不妨从反面想一下：能不能有别的方案？有没有例外的情况？要善于把不同时候学到不同的知识联系在一起加以比较。还要善于联系到实际生活以及实验中出现的情况来思考。比如，书上说大多数物质有热胀冷缩的规律，我们又知道冰比水冷，按照这个规律，同样重量的冰，体积就应该比水小，它的比重就应该比水大，就应该沉到水底下去。但是我们在生活中又看到冰总是浮在水面上，这就产生了矛盾。抓住这样的矛盾，我们就能提出问题，就可以使学习深入一步。平常我们看到书上的思考题，听到别的同学提出的问题，也可以琢磨一下他们的问题是按什么思来的，自己也试一试用这种思路去想一想看。想得多了，提问题的能力也就提高了。

创建相对论的大科学家爱因斯坦说："时间、空间，别人以为从小就弄清了，可是我一直没有弄清，所以我比别人钻得深些。"这是一条很重要的经验。我们也不要轻易地以为自己对什么都明白了，而是要在那些看上去已经明白的地方找到自己还不明白的东西，钻进去，才能有新的发现。

善于提出问题并不等于想到一个问题马上就去问别人。老是找现成的答案，只能培养思想上的懒汉。最好是自己对自己提出的问题先想一想，尽可能自己来解决。实在解决不了的时候，再去向老师或者别人请教。得到正确的答案以后，再对照自己原来的思路想一想。也许自己一开始就走了弯路，也许自己原来的思路基本上还是对的，只是最后有两步没有想到。再问一下自己为什么没有想到或者想错了。这样，才会有真正的提高。

提问题还要有"打破砂锅璺（问）到底"的精神，不要满足于一个问题已经有了表面的答案。日本丰田汽车公司的负责人，在谈到他们创造企业管理的新经验的时候曾经说过：在工作过程中，对出现的每一个异常现象，都要问5个"为什么"。他说：假定机器开不动了，（1）"为什么机器停了？""因为负荷过大，保险丝断了。"（2）"为什么会负荷过大？""因为轴承部分不够润滑。"（3）"为什么不够润滑？""因为润滑油泵吸不上油来。"（4）

"为什么吸不上油来？""因为油泵轴磨损，松动了。"（5）"为什么磨损了？""因为没有安装过滤器，粉屑进去了。"

如果"为什么"没有问到底，换上保险丝或者换上油泵轴就了事，那么，几个月以后就会再次发生同样的故障。只有问到底，才一能查明事情的因果关系，弄清隐藏在背后的真实原因。

当然，在科学的领域里，真要弄清楚一些问题，只问5个"为什么"往往是不够的。但是既然外国的资本家为了追求利润都能有这样追根究底的精神，我们新中国的少年肩负着人民的利益、祖国的希望，在科学堡垒面前，难道反而可以马虎一点吗？也许我们提出的许多"为什么"，其中有一些一时还找不到答案。那也不要紧。可以把它们先放一放，等将来我们知识掌握得多一点的时候，回过头来再去攻它们。一次不行，再来一次，"不到长城非好汉"。有了这样的精神，在你们的手里，就一定能够揭开一个又一个科学的奥秘。

问吧！多问几个"为什么"吧！

勤笔助思

从前旧式商店的账房里，常常有一块水牌（用毛笔写上字后用水可以擦去），上面写着"勤笔免思"四个字，有什么事怕忘记就在上面记一笔。现在有些机关里还有类似的东西，有的挂一块小黑板，有的用一块搪瓷的牌子，都是起"备忘录"的作用，只是"勤笔免思"这四个字不大看见了。

"勤笔免思"的说法有道理，也有缺点。说它有道理，是因为用笔把事情记下来确实可以免除我们一部分回忆的苦恼。说它有缺点，是因为"思"不能完全免掉。唐朝的大文学家韩愈说："行成于思。"不动脑子想一想，是什么事情也办不好的。我们现在把这句话改一个字，叫"勤笔助思"，就比较完全了。

这个道理用到学习当中来，就是要学会记笔记，养成记笔记的习惯。

你们在小学的时候，是不记笔记的，进中学了，要记一点笔记了，有的同学就有点嫌麻烦。他们很相信自己的记忆力，说反正我记得住，何必多此一举呢？

我也相信你们年纪轻，记性好。但是我还是要劝你记一点笔记。为什么呢？因为记性再好，也是有限的，今天记住了，明天记住了，后天呢？明年呢？十年二十年以后呢？这就难保不会忘记，或者忘记一部分。我们现在学的知识少，还比较容易记，以后接触的知识愈来愈多，头脑里是不是都能装得下呢。我们要增强自己的记忆力，但是光凭记忆是靠不住的。所以从前人们常说："好记性不如烂笔头。"

其实，文字的发明首先也是起源于记忆的需要。上古的时候，本来没有文字，人们有什么事怕忘记了，就在绳子上打一个结。这个绳结就是一种符号。但是事情多了，打结这种符号就显得不够用了，为了区别不同的事情，还需要一些复杂的符号，这才逐渐创造出文字来。有了文字，我们就可以把各种复杂的事情用笔记录下来，需要的时候一看便知。怪不得有人把笔记比作罐头呢，说它什么时候打开来都是新鲜的。在向科学进军的漫长征途中，我们的确需要多准备一些知识的罐头。

我们的革命导师，学习的时候都很注意做笔记。毛泽东同志在湖南第一师范的老师徐特立主张："不动笔墨不看书。"毛泽东同志实践了这一条，在一师的五年半中，做的读书笔记就有一大网篮。列宁做的《哲学笔记》已经成为后人研究辩证唯物主义的重要著作。马克思一生做的笔记更多，他在19岁的时候给他父亲的信中说："从我所读过的图书中做出提要，已经成为我的习惯，例如，我读列辛的《老孔僧》、索尔格的《伊尔文》、温克尔曼的《艺术史》、鲁登的《德国史》等等都是这样做的，同时我还附带写下我的感想。"他们所以成为学识渊博的人，不能说没有笔记的一份功劳。

有的同学虽然知道记笔记重要，却苦于不会记。他们觉得听课和记笔记有矛盾，顾了听就顾不了记，顾了记就顾不了听，前面讲的还没有记下来，后面已经不知道讲到哪里去了。这是初学记笔记的人常有的情况。办法只能是慢慢来，开始笔记不妨简单一点。上课还是要以听懂为第一条，在这个基础上再记一点要点。不必把老师讲的每一句话都记下来。那样是办不到的，也没有必要。许多话书上就有，你何必再记一遍。需要记的，一个意思也只要记几个字或一句话就够了，能帮助你回想起来就算达到了目的。但是条理必须写得清楚，一个意思一行，不要混在一起，省得课后还要花时间重抄。有时候只要在书上有关的地方注几个字就行了。有人不赞成在书上写字，说书要保持干净，到学期终了还像新的一样，这种废话可以不去理它。我们爱惜书是因为它是学习的工具，不是为了把它供起来。加上一些批注使这个工具更好地发挥作用有什么不好呢？当然我们不赞成在书上乱画小猫小狗什么的，把好好的一本书弄得一塌糊涂。这个道理就不用细说了。

笔记的种类还很多，要根据不同的需要，不同的用途来采取。有的人喜欢记录一些重要和精彩的引语；有的人喜欢收集些新鲜的知识；有的人常常在笔记上记下自己的心得体会、思想的火花，这都是很好的，对知识的积累很有用。毛泽东同志在湖南第一师范读书的时候，曾经在一位同学的笔记本上，写了一篇序说："百丈之台，其始则一石耳，由是而二石焉，由是而三石、四石以至于万石焉。学习亦然。今日记一事，明日悟一理，积久而成学。"这里的重要经验就是要坚持不懈，持之以恒。你看见过农民背粪筐吗？有意识去拾，不一定能拾多少；常年背着粪筐在身上，走到哪里，拾到哪里，加起来就很可观了。再有对记下来的资料要尽可能弄清楚，特别是对引文要把前后文都看明白，还要注意出处，用的时候才好查对，免得断章取义，闹出笑话来。

笔记上的材料积累到一定的程度，还要分类整理，用的时候才方便。南宋的历史学家郑樵是个善于整理笔记的人。他说：求学问像带兵打仗一样。善于带兵的将军，懂得怎样约束自己的部下；善于读书的人也必须懂得整理知识，把知识整理得有条有理，才能融会贯通。不整理，记了十几本笔记，材料也不少，就是想用某一条的时候，不知到哪里去找，不是等于没有记一样吗？

整理知识的笔记也有几种。有的人读完一本书，就给这本书写个提纲：它包括哪些知识，互相的关系怎样。有的人在研究了某个专题之后，用自己的体会把这个专题的内容写下来。这都有使知识系统化的作用。我们在学校里学习，也可以在一个阶段以后把笔所学的东西归纳一下。例如：英语一共有几种时态，它们变化的规律怎样，哪些因素是不变的，哪些因素变得少，哪些因素变得多，什么情况下成为例外。甚至可以列成表格。这样的整理，不但可以使学习深入，还可以帮助记忆。

朱熹则主张弄个小本子，专记自己没有想明白的疑问。不但要记，还要时常翻阅，有机会就向别人请教。这是个不放过自己弱点的办法。其实含糊过去，别人虽然也许不知道，但最后终究还是自己吃亏。

做笔记的方法，真是各有巧妙不同。从一个人来说，当然用不着每一种笔记都做。现在你们年纪轻、经验不多，还只能先做一些简单的笔记。但是在中学阶段，一定要过好笔记这一关。否则，将来升到大学里去，或者走上工作岗位，还不会记笔记，就会觉得很不适应。

不要着急，动起笔来，你就会有经验了，笔记也一定会愈记愈好的。

谈谈做作业

谈起做作业，许多同学就皱眉头。我们看见，许多少年朋友放学回家，就伏在案头，不停地演算，甚至直到十一二点，睡眼惺忪，哈欠连天，还在那里苦战。这种做法，效果既不佳，也难以持久。我认为，学生的学习任务绝大部分应该在课堂上完成，回到家中的作业，各科加起来，每天以不超过一二小时为宜。这样，学生才有时间锻炼身体，读课外书，参加课外活动，真正做到主动地、生动活泼地全面发展。"题海战术"不是真正提高学习质量的办法。

留多少作业是老师的事情，学生做不了主。学生可以努力的是：通过改进学习方法来缩短做作业的时间。

关于做作业所需要的时间，可以有这样一个公式：

作业时间 = 作业量 × 作业难度 / 学习方法

就是说，做作业所需要的时间同作业量的多少、作业难度的大小成正比例，同学习方法的好坏却是一个反比例关系。而且，学习方法好不仅可以缩短做作业的时间，还可以提高作业的质量。

方法是为目的服务的。离开了目的，方法就讲不清楚。例如，为了把字写好当然要多练。但是如果只讲一个"多"字，学生因为时间来不及，马马虎虎地写，那就不如认真地少写几个能够达到练字的目的。

做作业的目的是什么呢？就是为了消化和巩固课堂上学到的知识，并且把这个知识转化为解决问题的技能。

从这个目的看，做作业就不能只是做习题，同做习题比较，读书应该占更重要的地位。

许多同学只重视做习题，不重视读书，因为习题做了以后要交给老师检查，还要打分；至于有没有读书，老师不管，也没有办法检查（除非是要背的课文）。

其实，我们的学习并不是为了对老师负责，对分数负责，而是要对自己负责，对国家负责，对四个现代化的事业负责。因此不能光看老师检查不检查，还要看怎样才能真正学得好。而且，书上讲的道理真正弄明白了，习题也就自然可以做得快些。同样的习题，有的同学四个小时还做不完，有的同学不到一小时就做完了，原因当然很复杂，但有没有把书上的道理弄明白也是很重要的一条。

所以，我劝你不要被一大堆习题吓倒，可以先把它放在一边。做作业的时候，还是从认真地钻研今天讲的课文开始。要彻底弄清楚：这一课里包括哪些知识、概念，提出了哪些定律、公式，这些定律、公式是怎样得出来的，它们有什么意义，互相的关系怎样，在实际生活当中有什么作用，它们的适用范围怎样。只有对这些东西真懂，而不是模模糊糊地懂，学习才有主动权。

接着，还要认真地看书上的例题。要注意哪些是已知条件，哪些是结论，解题的时候用了哪些方法。从这里进一步体会新学到的定律、公式在不同的条件下如何运用，特别要注意解题的突破口在什么地方。

做题的时候，首先要把题意看清楚。往往有这样的情况：一道题做了很久没有做出来，再一看，原来是把题意看错了，或者是对某一个隐含的已知条件没有发现。你说，这有多冤！再就是想一想需用哪些定律和公式，一般说来，每一节课后的习题，总是为重点运用新学习的定律和公式而设计的，但是也常要用到过去所学的知识。做题就要注意要找到已经学到的定律、公式和需要解决的问题之间的联系，切忌拿起公式就去硬套。那样做，即使把答案套出来了也不等于真正学到了东西。有的题不好解，可以倒过来想想看要达到这个结果需要具备什么条件？这个条件又怎样才能产生步一步往上推，看看能不能找到和已知条件之间的联系点。

通过解题可以培养我们的严细作风，克服粗心大意。《三国演义》上有一段叫作"大意失荆州"。说的是关云长镇守荆州，曹魏的大军来攻，关云长全力以赴，对于背后的东吴却认为是兵少将弱，没有放在眼里，失去戒备。可是荆州却偏丢在东吴手中，关云长自己也送了命。我们许多同学做习题时候出现的错误，也往往不在那些难点上，而是错在自以为有把握不会错的地方。譬如：把正负号用错了，计量单位没有注意换算准确，加减乘除的次序弄颠倒了，弄错了小数点的位置，等等。总之，是在不该错的地方"大意"，失了"荆州"。有的同学对这种错误却往往不在乎，觉得又不是自己真不懂，没有关系。要知道学习是为了将来工作，在工作当中，画错一条线，点错一位小数点，都可能造成人力物力的重大损失，甚至危及人民的生命安全。拿外语来说，周恩来就很注意译文的准确。他常常对翻译工作的同志说："这是政治斗争啊，一个字就是一颗子弹，打不准会影响全局的。"在1954年日内瓦会议期间，有一次由于工作人员的疏忽，发言稿上出现了一个关键性的错字，幸而在大会发言的时候及时发现了，做了纠正。但是，周恩来并没有放过这件事，而是要大家把七八份翻译草稿和打字底稿都找出来，检查发生错误的原因。我们在少年时期养成的习惯和作风，对一生的影响很大，更要注意学习周恩来这种一丝不苟的精神。

做题要先易后难。遇到拦路虎可以先绕过去，等把容易做的做完了再回过头来攻坚。不要怕难题，难题的出现，往往和我们对基本知识的理解还有不清楚的地方有关。原来在看书、听课的时候没有发现，通过做题把矛盾暴露出来了，这是件好事。随着一个个难题的解决，对基本知识的理解，也就逐步加深了。

一道题解出来了，不等于找到了最好的解法。有时间的话不妨想一想还有没有别的方案。一篇作文做好了，不等于用词立意都很完美了，有时间的话，也可以多推敲推敲。特别要注意老师的批改，领会老师的用意。唐朝有一个名叫齐己的和尚，喜欢写诗。有一次，他写了一首《早梅》，诗中有"前村深雪里，昨晚数枝开"的句子，他的好朋友郑谷看了以后，建议把"数枝"改为"一枝"，改了一个字，"早梅"之"早"就更加突出了，当时人们因此称郑谷为"一字师"。我们也要注意从每一处修改当中学到新的东西。

最后，希望你能做到"今日事今日毕"，当天学的新课，当天都要理一遍。不要以为反正没有明天要交的作业，今天就先松松。要知道当天的课，印象比较新鲜，当天复习最省时间。过的日子多了再来复习，就会事倍功半。而且新账老账挤在一起，时间会更显得不够用，结果往往匆匆忙忙，很难复习得认真。孔子的学生曾子说，他每天要问自己三个问题，其中之一就是："传不习乎？"意思是说，从老师那里学来的知识有没有复习？这个问题是问得好的。我们也应该每天这样来问一下自己。

怎样才能记性好

"他的记性好。"

"我的记性不好。"

这是在一次考试之后经常可以听到的议论。

的确，学习离不开记忆。学习是知识的吸收和积累。我们就是用积累在头脑中的知识去分析问题和解决问题的。如果知识从这个耳朵进去，又立刻从那个耳朵出来了，头脑里什么也没有留下，那我们就是什么也没有学到。

记性怎么才能好呢？

有人说这是天生的，有人说脑袋大的装东西就多呗。

人的天赋是有差别的，但是除了有特殊疾病的痴呆者外，普通人头脑结构的差别并不是很大的。而且头脑的重量并不能决定一个人的智力。有的著名科学家就并不是大脑袋，甚至比正常人的脑袋还小些呢。成年人的脑子有1400克左右，不到3斤重。大象的脑子却有4200克，鲸的脑子更重，达到9200克，几乎有18斤半。但是，象和鲸都不能比人记住更多的东西，这是大家都知道的。

据科学家说，人的头脑里大约有140亿到150亿个神经细胞。记忆，就是这些神经细胞的一种活动。它们的数量有那么多，容量是很大的，我们完全不必担心自己的脑子太小，装不下多少知识。

外面的知识是怎样装到神经细胞里去的呢？人是通过眼、耳、鼻、舌、身和外界接触的，从外界得来的感觉传送到头脑中，就可以使某些神经细胞引起化学和物理的变化，这就是人们进行思维判断、做出反应的物质基础。事情过去了，这些神经细胞又恢复了原状，那我们对这件事也就忘记了。用我们平常的话来说，就叫"这件事没有放在心上"。有时候由于这种化学和物理的变化比较强烈，或者反复多次，结果就引起了脑神经细胞的生理变化，长出了互相联系的"突触"，使"突触"的形态和数量发生了变化。这样，就在头脑中留下了一个固定的"痕迹"，只要在一定的条件下，原来的那些化学、物理变化又会重复出现，我们把这种情况叫作"回忆"。正是依靠了脑神经细胞的这种活动，人们才能够记住大量的知识。

上面说的，只是关于记忆的一种理论，要完全揭开记忆的秘密，还有待科学家们做大量的研究。但是我们可以肯定的是：记忆是人脑的一种有规律的活动。我们完全可以按照它的规律来加强我们的记忆力。

首先，要有明确的记忆的目的性，就是说想记的东西才能记得住。有的同学天天在三楼的教室上课，你问他楼梯一共多少级，他就不一定回答得出来。有的同学家住在大的四合院里，虽然他对同院的十几二十户人家每一户都认识，如果骤然问他院里一共有几户，他也不一定回答得准确。为什么？因为从来没有想到要记它。

如果是一个盲人，那他就不但对每天需要走的楼梯的级数，而且对从家里到附近的商店等地方需要走多少步，第几步要向哪边转弯，都会记得一清二楚。为什么？就是因为他有记住的需要。

掌握了这个规律，我们在学习中就要经常提醒自己，什么是需要记住的。有的同学平常听课就是单纯地听课，听明白了就行了；做作业就是单纯地做作业，能交卷就行了，要用什么公式到书上一查就可以用上，没有明确的记忆目标。等到快考试了，才想到要记，那么短的时间，面对着一大堆的公式和单词，怎么也背不下来，于是埋怨自己的记性不好，这是没有道理的。应该是：从预习的时候开始，无论上课听讲，课后做习题，都要想一想哪些东西是必须记住的。

我们说要有明确的记忆目标，不是说什么都要记，什么都结果必然是什么都记不住。有些东西并不需要记，当然就不要再去白花气力，有的早已记住了，也不需要再去多费劲。只有找到必须记又还没有记住的那一点，才能用最少的精力取得最大的效果。

例如，代数中有一个公式：

$(a+b)^2=a^2+2ab+b^2$

这个等式右面有三项，其中第一项和第三项就不需要记，因为我们求的是 $(a+b)$ 的平方，结果中出现 a^2 和 b^2 是理所当然的，只要把多出来的 $2ab$ 记住，这个公式就记住了。

又例如，我们学了一学期英语，大约可以接触到三百个左右生词。考试前夕，有的同学拿着词汇表一个个往下念，这也是没有必要的。不如在复习之前，先请一个人按着这个词汇表把自己全部考一遍，结果就会发现经过一学期的学习，总有一部分词是自己已经掌握了的。对于那些记不住的，也还可以再分析：有的是不知道怎样译成汉语，有的是拼法有某些错误，有的是掌握不了时态的变化。这样分类来攻，目标就缩小了，就可以集中优势兵力来打记忆的歼灭战，不至于在已经记住的东西上浪费精力。

有的事情，我们并没有想去记它，至少是没有花大力气去记它，却终生难忘，这种情况能给我们什么启发呢？"有意栽花花不发，无心插柳柳成荫。"插柳的时候虽然无心，但是它所以能成荫，总有它的规律。摸到这个规律，用到栽花上来，花也是可以发得好的。

我们稍微注意一下，就可以发现，这种一见难忘的事都有个共同的特点：就是在人们的思想上造成了深刻的印象。例如李白的诗《将进酒》，许多人读过，不见得都能从头到尾背下来，但是对那诗开头的"黄河之水天上来，奔流到海不复回"却很少有人能忘记。为什么？因为这两句诗写得突兀、生动、鲜明，别开生面，给人以深刻的印象。

能不能留下深刻的印象，还和人的主观情况有关。一般地说完全不能理解的东西比较难记住。爱因斯坦的著名公式 $E=mc^2$，很难要求不懂得这些符号意思的人背下来。旧社会寺庙里小和尚念经就是如此。他们根本不知道那经文里讲的是什么，当然只能"有口无心"了。

这些情况告诉我们：要记住一个东西，就要努力使这个东在自己头脑中造成深刻的印象。要达到这个目的，先要加深理解，在理解的基础上来记忆，才容易记得牢，以后也容易用得上。其次要尽量想办法使新学的知识和自己头脑中原来的东西联系起来。新中国成立前拍的电影《一江春水向东流》；用了南唐李后主词中的"问君能有几多愁？恰似一江春水向东流！"引起了许多在反动统治下生活不下去的人们的共鸣，这两句话就很容易被他们记住。再有，通过反复来加深印象的办法是大家知道的。至于怎样利用这个反复，就各有巧妙不同了。我们在学英语的时候，遇到不认识的字常要查字典，有的字，查了多次字典还是没有记住。有人在第一次查字典的时候就在这个字下画一条线，第二次再查这个字的时候，看见这条线就强迫自己回忆一下，上次是什么时候在什么情况下查的这个字，为什么自己忘记了，并且再画上一条线。如果第三次还要查这个字，就再强迫自己把前两次查的情况都回忆起来。他采用了这个做法，就很少有查了三次还记不住的字。他的办法，就是种用强制加深印象来同遗忘做斗争的办法。

正确地利用休息，也可以帮助我们巩固记忆。我们知道，学习是脑神经细胞的活动，学习结束以后，脑神经细胞的活动并不是立刻就跟着停止，而是自动地在继续进行。虽然我们自己意识不到它，但是这种神经细胞的活动，对于留下记忆的痕迹却关系很大。课间十分钟也不休息，还是死抱着书本看，或者课间活动过分激烈，对于巩固记忆都是没有好处的。至于有的同学不断地开夜车，弄得头昏脑涨、精神不振，上课都集中不了注意力，那就更不容易记住多少东西了。

为了加强记忆力，需要注意的问题还很多。这封信已经写得很长了，其他的问题我们以后慢慢讨论吧！

高斯为什么算得快

高斯10岁的时候，老师出了一道数学题：$1+2+3+\cdots+99+100=?$ 当别的孩子还在抄题目的时候，小高斯已经算出了答案：5050。

人们都说高斯聪明。这种聪明究竟是什么样的呢？他是怎样想这个问题的呢？原来，高斯发现：这个算式第一项与最末一项的和、第二项与倒数第二项的和……都是同样的数目。于是他就把这个一共有100项的加法，变成了 101×50 这样一道简单的乘法。

你看，他在这里运用的数学知识，也不过是普通的加法和乘法。这些，其他的孩子也都学过。不同的是，高斯对这个算式进行了分析和综合，就发现了别人没有发现的新特点，找到了更简便的解题方法。也就是说，他的思路，或者叫思想方法，比别人更科学一些。高斯的聪明之处也就在这里。

这样的事例我们是经常看到的。同样学习勤奋的人，一个学习得法，一个不得法，结果就大不一样。有人看几遍就记住了，有的读几十遍还是背不出。对于公式同样背得很熟的人，有的会用来解题，有的就很不善于解题。所以，人们对于那些学习方法好的人，总是很羡慕，希望总结他们的经验，照他们的样子学。有个同学考试总是名列前茅，他有个习惯：晚上比较早上床，躺着总结一天学习的收获，思考一些难题。有人听了他的经验，就照着葫芦画瓢，也早早躺下来，结果不到5分钟就睡着了，什么收获也没有。究竟好的学习方法怎样才能学到手呢？

我很赞成建立一门学习学。教和学都是有规律可循的活动。老师要教得好，要学教育学；学生要学得好，也要学一点学习学。真正按照学习的规律去学习，就可以事半功倍；违反了学习的规律就可能事倍功半，甚至白费气力。

学习是一种思维活动。学习方法，从根本上说也就是思想方法。那些学习得法，方法很活的人，多半是因为他们的思想方法比较科学。而那些学习不得法，方法比较死的人，他们的思想方法总是不那么科学的。上面说的那个照葫芦画瓢的同学，就是因为思想方法不对头，机械模仿，所以不能得到成效。我们在学习中常碰到的一些情况，都可以说明学习方法和思想方法的关系。

在学习各门学科中，会碰到各种定理、定律等，我们就要十分注意这些定理、定律都有自己的适用范围。在平面上两点之间，以连接这两点的直线为最短，这是人们熟知的公理，但在球面上两点之间就没有直线，只有弧，而以大弧为最短。去年高考时有一道化学题，许多考生就是因为没有注意它对条件的表述跟一般教科书的例题有所不同而做错了。其他如作文造句所以会用错词，外语翻译所以会弄错意思，大都是由于对某些词的用法、解释的适用范围没有弄清楚。一个汉字通常有好几种含义，初学的时候只知道一种，头脑还清楚；学得多了，有的人就反而觉得糊涂，不知究竟该怎么讲。另一些人能够运用自如，原因就在于他们抓住了词汇不同含义的不同条件。如此看来，不论理科还是文科，都有个一定的知识仅仅跟一定的条件相联系的问题；离开了这个条件，就不能再照搬照套。这里，就反映了事物的一条规律：一切都是依时间、地点、条件为转移的。条件变了，事物的情况也随着发生变化。如果我们懂得了这条规律，把它作为我们分析问题的方法，在学习的时候，就会经常自觉地注意各条定理、定律的适用范围，条件的任何细微变化，都会在头脑里有迅速、准确的反应。

有一班中学生觉得数学很难学，他们请了一位数学家来做报告。这位数学家一进屋就看见他们教室墙上贴满了数学公式，并写着"必须记住"。于是，他就从这里讲起：你们打算记住的这么多公式，我也记不住，而且也没有必要记这么多。只要记住几个主要的公式和它们的道理就行了，其他的都是从这里化出来的。听了这个报告，同学们把一个一个单个的公式变成了一连串的推导过程，原来"必须记住"的一墙公式就只剩下了简单的几条。大家都说，要是一开始就这么记，早就记住了！是的，纷纭繁杂的事物不是互不相关的独立物，在它们之间，存在着某种必然的内在联系。用这种观点来指导我们的学习，只要掌握基本原理以及不同条件下这些原理的表现形态如何变化就行了。一大捧珠子拿在手里，再小心也难免漏掉几粒；用一条丝线穿成一串，拿起来又省力、又保险。

这里，记公式也有个得不得法的问题。有一个被人称为记性好的同学告诉我，在学习 $(a+b)^2=a^2+2ab+b^2$ 的时候，他画了这样一张图，以后就把公式永远记住了。我相信，看了这张图，任何人都会说这个公式简直不用背了！为什么会这样呢？原来，图表是一种形象的东西，人们凭着直观就可以认识它；而公式则经过理性的抽象，是隐藏在表象后面的东西，得在脑子里多转几道弯才能认识它。人的认识总是从感性上升到理性，书本知识一般都是理性化了的东西，学起来难免觉得抽象、不好捉摸。如果我们懂得认识的这个规律，尽量把感性和理性、实践和认识结合起来，对学习的帮助就很大。

有的青年朋友说，记数学公式我不在乎，最头疼的是背语文课文。确实，我们看到有的同学把一课书从头到尾读了10遍，没有能记住；又从头到尾读10遍，还是没有能完全记住。而另一位同学读完3遍就试着背，然后着重读没有记住的部分；再检查，再着重读剩下的没记住的部分。这样做，有七八遍就把一课书背下来了。他花的时间、精力较少，是因为采用了重点进攻的办法。这个窍门正符合事物的一种规律：在复杂的事物中，必有一个矛盾是主要矛盾，抓住这个主要矛盾，才可以顺利地认识和解决问题。注意运用这个规律，在学习上就善于抓关键、抓重点。

还有的青年为了对付考试，特别是高等学校的入学考试，拼命地多做习题。他们从四面八方搜罗各种高考题、复习题，以为题做得多，总能撞着几道。适应这种心理，市面上出了许多这一类的书。其实这种做法实在是耽误青春。常识告诉我们，事物是无限多样、千变万化的。要事先穷尽考题的出法，准备好现成的答案，根本办不到。而且，陷身题海，无休无止地、匆匆忙忙地做题，会使人头晕目眩，越做越糊涂。他们也许记住了几道难题的解法，但是上考场，遇到一点变化，就会不知所措。我们也主张要做点题，因为这也是一种实践活动，可以检验和加深我们对基本原理的理解。

因此，做一道题就要认真想一想，它代表着什么类型运用了哪些概念和原理。做了几道题之后，更要想一想，自己对哪一条或几条基本原理有什么新的理解和体会。总之，做一道题要有道题的收获。这样做一道题可以胜过盲目地做几道、几十道。这是因为，事物总是个别包含一般，一般通过个别而表现出来。这后种做法，实际上是从各种题目中找出同类型的题目的共同点及其解法，各个击破。客观事物虽然不能穷尽，但经过分析、归纳，它们的类别却可以掌握。这就把浩瀚的题海大体装进自己的脑袋了。

上面，不过是举了几个例子，其实学习上的任何一个方法问题，都跟思想方法紧紧相连。因此，要想掌握好的学习方法，就不但要注意总结自己的学习经验和借鉴别人的经验，而且要培养科学的思想方法。这就要求我们自觉地去学习和掌握"关于思维的科学"——唯物辩证法。它研究的是自然界、人类社会和人类思维的最基本的规律。它当然不能代替各门科学的具体知识，也不能代替学习的具体方法。但是，掌握了这些最普遍的规律，运用这些规律去指导我们不断改进学习方法，又确实可以帮助我们打开思路，使我们学得更灵活、更扎实。我们解题，有时也像小高斯一样，猛然间发现了一道题的新特点，找出了一条化繁为简的捷径，但这种情况又往往带着偶然性。当我们懂得了一些唯物辩证法之后，就能够比较自觉地去摸规律、找窍门，把一时进发出来的智慧之花推及至每道题目以至于每个学科中去，成为驾驭知识的能手。

绮瑞娜的时间没有白费

居里夫人和当时法国一些著名的学者议定：互相协作来共同教育自己的子女。这一天，轮到物理学家郎之万讲课。他出了一个题目：根据阿基米德的定理，物体浸入水中必将排除同体积的水。为什么金鱼放到水里不会排除水？孩子们纷纷根据自己的猜测做了各种各样的回答：有的说因为金鱼的鳞片有特殊的结构，有的说因为金鱼的身体到水里后会收缩……但这些答复都不能令人满意。居里夫人的长女绮瑞娜·居里对这件事怀疑起来。她找来一条金鱼，自己动手，用量杯做了一次试验。结果证明金鱼也和其他物体一样放到水里也要排除一定量的水——是郎之万的题目出错了。

孩子们向郎之万提出了抗议，认为他浪费了自己半天时间。郎之万却笑着告诉他们，这是他们学习中最有意义的一课。要他们记住，永远不要对权威所说的一切都盲目相信。

应该说，绮瑞娜这半天时间确实没有白费。她学到的是唯物主义的一个基本观点，也是学习中的一条重要原则。

知识就是人们对于客观世界的认识。我们所需要学习的是正确的认识，能够正确反映客观世界的情况和它的运动规律的认识。这就需要知道客观世界是怎样被人的头脑认识的。原来，在客观和主观之间，有一道由此及彼的桥梁，这就是人的社会实践。一切认识，归根到底，来源于实践。认识是否正确也只有靠实践这个唯一的标准来检验。我们所以要读书，要尊重书本知识，因为它是前人或者他人从实践中得来的认识的纪录。我们尊重权威，也是因为他们的知识往往比我们多得多。但是，这绝不是说，凡是写在书上的，权威讲的，就一定都对。孟子说"尽信书不如无书"。《吕氏春秋》说"闻而不审，不若无闻"。无论读书或者听别人的意见都需要经过自己脑子"审"一"审"，而这个"审"的标准，就是实践。

绮瑞娜在后来的学习和研究中坚持了这种正确的学习态度。她和她的丈夫约里奥·居里学习的，是她的父母奠定了基础的放射科学。但是他们没有在父母已经达到的成就面前止步，而是用自己的实验实现了元素的转变，把这门科学又向前推进了一大步，从而获得了诺贝尔奖。

不要偏科

学校里的课，门类真多。

人们吃东西的口味是不一样的，萝卜青菜，各有所爱。酸、甜、苦、辣，各种味道，都有它的爱好者。

不同的人，对各门学科的爱也是不一样的。有人擅长计算，有人爱好作文，有人从小喜爱天文，也有人从小喜爱生物、美术、唱歌、体育，甚至有人从幼年就显出了在某方面具有特长。对自己喜爱的学科，多下一点功夫，课外多看一点这方面的材料，多参加些这方面的活动，是很自然的，也是应该得到支持的。牛顿幼年时自己动手做风车，爱因斯坦3岁就对指南针发生了兴趣，杜甫、李白、白居易都是从小就喜爱诗歌。无数的事实都证明：早年的兴趣爱好，对一个人后来的事业往往有很大的影响。

也有的同学除了自己所爱好的科目之外，对其他的科目都没有兴趣，甚至看了就头痛，不愿意学，说自己不是那个材料，也不想做那方面的事，所以不学也没关系。这叫作偏科，我们是不赞成的。

中学和小学，是打基础的时候。中学和小学的课程，科目虽然多，却都是每一个人所必需的，譬如说，做一个中国人，连起码的中国历史知识都不知道，把孙中山说成是一座不大的山，这像话吗？在现代社会当中生活，一点起码的电学知识都没有，就很容易闹笑话。

有人说，他将来学理科，不打算做文学家，语文学得不好没关系。他不知道，语文首先是一种工具，无论你学哪一门，都离不开读书，读书就要有语文知识。语文学得不好，书上的意思有时就会理解不清楚，甚至理解错了。自己研究有了成果，也要用语文记录和表达出来。辛辛苦苦做了实验，因为语文没学好，实验报告写不出来，或者写错了，写得别人看不懂，岂不是冤枉！

反过来也是一样，学文科的人没有一点理科知识也不行。你是文学家，写小说，小说里的主人公或者是工人，或者是农民，或者是知识分子，他们要劳动、要生活，你要正确描写他们，就不能没有一点科学知识。否则，你写出来就不是那么回事，人家看了就觉得不像。

现代科学有两个特点：一个是分科越来越细，世界上的知识越来越多，谁也不可能成为事实上的万能博士。同时，还有第二个特点，各门学科的互相交叉也越来越严重，每一门学科都要利用别的学科的成果。所以，在中小学打基础的时候，我们还是应该把各门课的基础都打好。

100分是到顶了吗

谁都知道，100分是满分。你要每一道题都答出来，一个错也没有，老师才肯给你100分。小莹的算术得了100分，高高兴兴地跑回家，把成绩单拿给爸爸看，爸爸也很高兴。他说："小莹，还要更加进步！"

小莹有点不明白。100分还要更加进步，那要多少分才够呢？你想要120分，老师不给也没有办法呀！

爸爸好像看穿了小莹的心事，对她说："你这次得了100分，不过是把老师这次出的题都答对了。如果老师出一些别的题，你也都能答对吗？老师讲过的，你都记住了吗？书上的道理，你都弄懂了吗？都会用吗？以后学的东西，要比现在学的更深，不下更多的功夫，还能保持现在的成绩吗？你的同学，或者和你同年龄的人，有没有在某一道题上能够做得比你更快，做得更巧的？有没有比你学得更多、更深的？"

爸爸说着，又给小莹写了一首民歌，让小莹背下来：山外青山楼外楼，英雄好汉争上游。争得上游莫骄傲，还有英雄在前头。

作业本发下来以后

作业本发下来以后，你先看什么？先看分数，这并没有什么错。看完了分数呢？往书包里一放，就不对了。

每一次拿到作业本，都应当仔细看一看，老师是怎样批改的，自己有没有做错的地方，或者是做得不够好的地方。

不要以为已经做错了，再看也没有用了。如果只是为了这一次作业本上的分数，真是看得再仔细也没有用。

可是，我们做作业并不是为了分数，而是为了检查我们学到的知识是不是真懂了，会不会用。所以，发现了作业本上的错误，还要仔细想一想：书上是怎么写的？老师是怎么说的？自己为什么会做错？怎样做才对？以后再遇到这样的问题应该怎样想、怎样做才能防止出错？如果你能够这样想了，以后的错误就可能少一些，作业就可能做得好一些。

常言说，"错误是正确的先导"，通过自己出的错来学习，来总结经验教训，是一种最好的学习方法。

那么，得了100分，是不是就不需要再仔细看作业本了呢？也不见得。人总是有缺点的，100分也不等于真正十全十美。也许你有的字还写得不端正，也许你计算的方法不如别人用得好，虽然也做对了，没有扣分，你自己发现了弱点，更加努力，以后不是可以学得更好吗？

"粗心"粗在哪里

中考以后，妈妈带小关到爷爷家去玩。

看到小关无精打采的样子，爷爷问："有什么不高兴的事吗？"

妈妈说："有两道题，本来是会做的，结果做错了，正生气呢。"

爷爷又问："总的成绩怎样？"

妈妈说："还好，能拿600多分。"

爷爷说："考分这么高，高兴都来不及，怎么还不开心呢？"

小关说："那这两道题本不该错嘛！"

"不该错的题为什么错了呢？"

"还不是粗心，我恨死粗心这毛病了。"

爷爷说："发现了毛病也是收获，以后就可以注意了。"

小关说："我早就知道自己有粗心的毛病，就是改不了。"

爷爷说："我看你基本上是不粗心的。"

小关眼睛一亮："您怎么知道？"

爷爷说："这次考试那么多题，有的题还很难，有的题有很复杂的解题程序，你都做对了，可见你基本上不粗心。"

"但是这两道题真是粗心了。"

"是的。需要研究的正是这两道题的'粗心'，粗在什么方。我估计你做过的题多，一见这两道题就觉得似曾相识，就按照你熟悉的套路做下去，忽略了实际上同你熟悉的题有细微的差别。"

"就是这种情况。"

"这是许多人常犯的一种粗心。原来，我们用眼睛看一个事物，这个事物就在视网膜上形成一个映象。大脑的神经细胞读取这个映象，然后做出判断。有些事物因为太熟悉了，当你还没有看清楚时，以前熟悉的映象就跳出来了。实际上这时大脑读取的不是现实的映象，而是自己原来储存的映象，于是就有了错误的判断。例如，"社会主义'是我们熟悉的名词，如果有一篇文章在应当使用'社会主义'的地方，排成了'社会主人'，许多读者往往不容易察觉，以为用的仍然是'社会主义'。他们看见的就是自己大脑中原来储存的映象。"

"我就是这个毛病。"

"可是你过去没有抓住这个毛病。多次下决心克服自己的'粗心'，而这种一般的'粗心'自己实际上又并不存在。所以你的克服就成了无的放矢，自然不见成效。一次又一次，信心也就没有了。"

"现在我有信心了。"

旁听这一次谈话的妹妹说："我也有这个毛病。是不是以后不要做那么多题就好了。"

爷爷说："不对。该做的题还是要做。多接触不同类型的题可以使思路更宽、思维更活跃，并不一定会导致粗心。这个毛病只要多花半秒钟，注意一下审题就可以解决，但是解决了这种粗心不等于没有其他的粗心。不同类型的粗心还得用不同的方法才能解决。"

功夫在"写"外

一位朋友给我带来一本小书。作者是位12岁的小女孩。

我历来认为孩子过早出版什么作品对孩子的成长没有什么好处，这类事情多半是大人拿孩子来作秀。所以，开始对这本书也没有什么兴趣。后来偶然翻阅了一下，却越看越觉得有意思，简直是欲罢不能，非一口气看完不可了。

并不是说这本书的文笔有多么好。这本小书只是一位小女孩在小学三年级到六年级的部分作文、周记的选编。然而，从这里，我看到了一位小女孩是怎样成长的，感到了家长和师长们引导孩子成长的苦心。

这位小女孩叫翟雨桐。和许多同龄的孩子一样，她开始对写作文也很有点发憷。可是她有一位好老师。这位老师给每个同学布置了一个任务：写周记。于是，每到周末，雨桐总要拉上爷爷"帮忙"。

她又有一位好爷爷。爷爷并不越俎代庖，也不表示厌烦，而是启发她叙述看到的有兴趣的事，鼓励她说出自己的看法，并引导她查阅百科全书等工具书，还引导她联想、比较、思考、分析，而且让这个过程一直充满快乐和新奇。最后，爷爷说你把这些记录下来，不就是一篇很好的周记吗！果然，雨桐记录下来并精心剪裁成文的周记换来老师的红五星。慢慢地，写周记成了雨桐的乐事。她很愿意用笔来表达自己、抒发情感。

我们先来看小雨桐三年级时写的第一篇作文《看冰灯速记》。文章不长，分成四段。第一段写看冰灯前，点出了看冰灯的地点、时间和同去的人，特别说明了为什么是下午2点去。因为冰灯要晚上看。还写了自己的感受："坐了3个小时的车，可我一点也不觉得累。"第二段写具体看到的各种冰灯和冰雕，并综合地进行形容"都跟真人一样，栩栩如生"，再写了自己的行动"跟冰雕一起照相"，也没忘记加上自己的感想："可惜它不知道我是大老远来看它的。"第三段写了整个冰雕现场用冰做的其他景致：大滑梯、九龙壁、五龙亭、祈年殿、十二生肖冰灯，等等，每一种都形容了它们的大小、长（高）度、亮度，还写了绝壁上的冰瀑布。小作者仍然没忘了加上自己的感叹："大自然真像个魔术师，它能把水变成冰，又能把冰变成美丽的瀑布。"最后一段完全写自己的感想："再过几天，天气变暖，冰灯融化，多可惜！要是能长期保存多好！"

这篇小小的作文，显然是花了心思的，是顺畅自然的，是按照事情的本来经过去记录的。重要的是，把客观事物掰开了看，一分解，可写的话就多了，然后加上小作者自己真切的主观感受，并且发出小小的议论。这样把客观描述和主观感受结合起来写，不仅文章活了，更重要的是，培养了孩子观察和思考的习惯。有了这样的习惯，孩子在生活中就会有更多的收获。

在这本作文集中，作者还写了参观人民大会堂、陶然亭公园、海洋馆、科技馆、凤凰岭、金山岭的经过。在《登凤凰岭》中，她写了凤凰岭的美景，写了登山的过程，表达了自己战胜困难之后的喜悦和感受。更可贵的是在结尾处，小作者还描述了凤凰岭西面还有不知名的更高的山峰，写了自己未来向新的目标攀登的愿望。

当然，作为一个小学生，不可能天天都有这类特殊的活动，更大量的还是要运用这种方法去观察日常生活中接触到的事物。雨桐在作文中写了自己居住的小区、早市、楼下的小邮局、自己养的小兔、奶奶种的君子兰、姑姑生的小妹妹、舅舅家的小狗、校园隔壁的玉兰花，等等。这样一来，她周记的选题宽广了，体会到了生活处处有文章，养成了无论遇到什么事情都要仔细观察、多思考一会儿的好习惯，这样，她认识世界的能力也就自然提高了。

从小雨桐的作文中，我还看到，爷爷不仅在帮她提高认识世的能力，还在为她创造体验美好情感的机会，逐步引导她形成美好的情操和品德。比如《一次放鸟的回忆》，爷爷让雨桐看自己为她幼年写的日记，帮她回忆小时候她自己放鸟的真实经历，再次体时自己爱护动物的美好情感，再次确认热爱自然、保护环境念。再比如《我爱奶奶》《普通的爱》这两篇周记，都是由照片引发的，一张是小作者喜欢的自己小时候的"可爱照"，一张是小作者"不认识"的奶奶黑头发的"玉照"。小雨桐要爷爷看自己小时候的可爱照，指着黑头发的奶奶问："这个人是谁？"这样的情景几乎每个家庭都曾经出现过，都曾为很多的家庭带来笑声。可是，在翟雨桐家，爷爷除了让小雨桐快乐地笑，还自然地引导她去关注"可爱照"上的配角——喂她吃苹果的奶奶，引导她去思考奶奶的黑头发为什么会变白，从而自然地让她生发对奶奶的深深感谢与强烈的要报答奶奶恩情的愿望。可以预见，这种美好的感恩的情感会伴随小作者一生，温暖她自己，温暖她的家人，相信也会温暖她周围的人。

小雨桐在作文中不仅处处在发现美、表现美，也不回避所看到的事物的不足。例如，她在早市上看见一位阿姨的自行车不小心撞了一位叔叔，这位阿姨不停地道歉，可那位叔叔却不依不饶地吵起来。她还看见一位老奶奶踩到烂菜叶摔倒了，很多人去扶的情景。

小雨桐把这两件事写在一起，并做出了自己的判断。我们高兴地看到，孩子分辨美丑的能力正是这样不断地提高的。当然，这也是日常生活中家长适时适宜启发引导的结果。比如，小雨桐的作文得了一等奖，她自己和一家人都高兴极了。但是爸爸却在她尽情地乐过之后问她："是不是应该看看其他同学的获奖作文？"正是这个使小雨桐愣住的问题，启发她时时不忘向他人学习。

孩子在成长过程中要观察世界，更要观察自己。帮助小雨桐认识自己，也是爷爷"帮忙写作文"的重要内容，这也自然地成为这本作文集的闪亮之处。内蒙古草原遭受雪灾，爸爸单位号召捐献衣物。雨桐也很想捐，可是一想到自己的衣服都那么好看、那么暖和，又有点舍不得。雨桐的作文被老师推荐发表在《课外语文报》上，她收到了第一笔稿费，既想捐给"希望工程"，又想对老师"表示一下"，还想给自己买点小东西。这些思想活动的流露，雨桐都一一写在周记里。这是一种积极的自我批评，一种愉快的自我审视。有了这样的习惯，孩子能不健康成长吗？

所以，我认为，我们应当向雨桐的家长和老师学习，帮助孩子写好作文，也就是帮助孩子观察世界、认识世界、认识自己，分辨美丑善恶，愉快健康地成长。

有什么问题吗

许多优秀的教师讲课，讲完准备的内容之后，往往会问一句"有什么问题吗？"

于是，有的孩子举手，提出一些问题，也有的孩子不举手。不举手的孩子，有的真没有什么问题，也有的是有问题却不好意问。

在下一堂课上，往往还是那些爱提问的孩子又积极提问了。

我们发现，正是那些爱积极提问的孩子，往往学得更好一点更深一点。

这里有什么规律吗？

诺贝尔奖获得者李政道博士给中国的学生题词说："求学问，需学问，只学答，非学问。"

茫茫世界，我们接触到的人和事，何止万千。我们不明白的事，何止万千。这些不明白，就是问题，把不明白的弄明白就是知识。有了新的知识，我们就长进了，就有能力把事情做得更多更好。

牛顿小时候坐在苹果树下，被落下的苹果砸了头。他想，苹果熟了，离开树枝，为什么不飞到天上去，而是掉到地上呢？

发明蒸汽机的瓦特，小时候看见水烧开时水壶盖突突地往上跳，就不断地问这是为什么。

大发明家爱迪生，小时候看见母鸡孵鸡蛋，就想，我是不是也可以孵出小鸡来，而且真的坐到鸡窝里试起来。

著名的地质学家李四光，小时候发现学校附近草坪上的一块大石头和附近的山石都不一样，就到处打听这块石头从哪里来的。后来，他终于发现了中国的冰川活动。

这样的事例举不胜举。所以提出相对论的伟大科学家爱因斯坦说，提出问题比解决问题更重要。有了问题总有解决的时候，没有问题就什么也解决不了。孔夫子成为大学问家的经验，也在于他的"每事问"。

少年正是思维活跃的年代，一大堆的问题在我们的头脑中层出不穷。把你们的好问题提出来吧，互相启发，而且抓住不放，钻下去，我们就能成为有创造力的一代。

最深沉的爱

干家务和学习的关系

晶晶：

你的信我看过了，你妈妈让你干点家务活，你就很不高兴。这是不应该的。可能你当时还有些作业没有做完，急着要做。可是，你的态度是不对的。

据我所知，现在的许多学生（当然不是所有的学生），包括你在内，干家务活并不是干得太多了，而是干得太少了。

"学生的任务就是学习，不是干家务活。"这个话表面上看起来好像有道理，其实不完全有道理。学生的任务当然主要是学习，你爸爸妈妈无论是工人、还是干部，他们的主要任务难道不是劳动和工作吗？为什么他们就该干家务活呢？现在的许多家庭都是双职工，有的有一位退休的老奶奶在家，照管一些家务，可是老奶奶年纪大了，许多事干不了，干不动，也不应该都堆在她头上。我们身强力壮的人多干一点难道不应该吗？

"家务活婆婆妈妈，谁爱干谁干，我可不爱干。"家务劳动是任何一个正常的家庭要维持正常生活必须进行的劳动，不是什么人喜欢或者不喜欢干的问题。要吃饭就不能不买菜做饭，要睡觉就免不了铺床叠被，要穿衣服就不能不洗衣服，衣服破了还要缝补。我们希望把家务劳动尽可能地社会化，例如，多生产点主食面包就可以少做一点饭。我们还希望尽可能用机械来减轻劳动的强度，缝纫机、洗衣机这一类东西就很受人们的欢迎。可是，实现这些愿望需要有一个过程，只能是逐步地实现。而且，无论社会化、机械化实现到什么程度，也不可能完全取消家务劳动。现在许多人家都不做早饭，到小铺里去买点豆浆、油饼当早点，比过去当然省事多了。可是，买早点毕竟也还是一种家务劳动。

所以，如果你认为"妈妈就是爱干那些婆婆妈妈的事"，那就错了。无论这些事是不是婆婆妈妈，你妈妈都不是因为喜欢才去干的，她去干，是因为需要。你试想一下，如果吃了饭之后桌子碗筷都不收拾，让它杯盘狼藉，家里会像个什么样子，在这样的环境里能够愉快地工作和学习吗？既然这种劳动是必要的，为什么只能由爸爸妈妈来承担？他们一天的工作难道还不够辛苦吗？做后辈的难道不应当分担一点吗？

爸爸妈妈如果不让孩子做这些家务活倒是不对了。现在独生子女多，做父母的又望子成龙心切，只要孩子能读好书，几乎什么事都能答应，甚至用各种好吃、好玩的东西哄着孩子读书，家务劳动更是往往由老头、老太太包了，不让孩子沾手。他们以为这样才能保证孩子有充足的时间学习。事实上，他们这样做往往是反而害了孩子。我们要培养有社会主义觉悟的有文化的劳动者，而劳动观点只有在劳动的实践中才能形成，愈是不劳动，一个人就会愈懒，眼睛里看不见活，不会劳动，而且看不起劳动。有的人虽然考上了大学，可是简直一点独立生活的能力都没有。这种状况，对于他们将来走上和劳动人民打成一片的道路，形成为人民服务的世界观，都是很不利的。

和参加家务劳动有相类似情况的，还有一个从事社会工作的问题，例如担任团、队干部，出黑板报，组织文娱体育活动，等等，也有一些孩子不愿参加，而且还往往得到他们家长的支持。他们觉得参加这些活动纯粹是帮助别人，是付出，对自己很不划算。他们不懂得，这些活动不但对于培养为人民服务的崇高道德品质是很必要的，而且可以锻炼一个人的社会活动能力，使学生在离开学校跨进社会之前不至于毫无准备。

那么，参加一定的社会活动或者家务劳动，究竟会不会影响学习呢？如果负担过分重，安排得不得当，当然会有影响。如果适当做一点，又安排得好，那就不但不会妨碍学习，反而可能对学习有好处。

我们这样说有没有根据呢？有的。让我们举几个例子：高尔基从小到处流浪，他是一面做各种各样的杂工，一面读书的。爱迪生一面在火车上卖报，一面研究科学。鲁迅小的时候，家境贫寒，他经常要上当铺去当东西，然后上药铺买药。居里夫人中学毕业之后，一度失学，靠做家庭教师谋生，八年后到巴黎上大学，一个人住在一个顶楼上，生活极其俭朴，全要自己料理。周恩来在中学读书时，几乎用了全部的课余时间来从事社会活动，而且还要靠给学校抄写文件、刻蜡纸或油印等收入补贴宿膳费，他的成绩仍然是优秀的。北京市前年高考理科第一名的同学，今年高考文科第一名的同学，都是负担了相当多的家务劳动的学生。据今年各地的材料，高考名列前茅的学生多半是三好学生，许多是团干部和学生会干部。这些事实都说明，只要安排得好，几个方面是可以兼顾的。

怎样安排得好？每个人都有许多不同的窍门。其中共同的大约有这样一些：一、上课时集中注意力听讲，不懂的地方一定要向老师提问。这样就可以省去很多复习的时间。二、做事情有计划，什么事情什么时间做，一定要按计划执行，不拖泥带水。三、把性质相似，可以同时解决的事归并在一起做。四、把功课分成需要用整块时间的（如做习题）和可以利用零碎时间的（如背生字）两类，后面一类尽量利用走路、做一些杂活的间歇时间来完成。五、抓紧每一分钟时间，尽量使所有的时间都得到利用，不要浪费。六、各种活动交叉进行，紧张地用脑之后，干一点体力活，正好可以消除疲劳，使学习和工作的效率更高。除此之外，当然还可以有许多其他方法。我们每个人都可以根据自己的情况找到对自己最适合的法。希望你也努力试一试。

如果你真是这样做了，而且能够坚持下去，你就会逐渐尝到这样做的甜头。参加这些活动，可以使我们对社会各种事物接触得多，懂更多的事，许多知识是只知道闭门读书的书呆子学不到的。而且，我们知道和经历的事越多，我们的思想方法就会越灵活；多繁重的任务放在我们面前，强迫我们要养成抓紧时间，有计划利用时间的习惯；许多困难的任务还会锻炼我们的毅力。这些，搞好学习都是会有帮助的。更重要的是，许多社会活动可以培养我们为公共利益服务的思想，帮助我们树立远大的共产主义理想。这种伟大的生活目的，一定能够使我们的学习获得最强大而正确的动力，使我们有勇气、有决心去克服学习中遇到的种种困难。这样强大的动力，再把方法搞对头，我们的学习怎么会搞不好呢？

摘下红领巾就可以打架吗

两位小朋友发生了矛盾。

你一言，我一语，互不相让。他们越吵声音越大，吵得脸红脖子粗，终于都拔出了拳头，互相向对方冲了过去。

眼看一场战斗就要爆发。

突然，这两位小朋友都止住了脚步，各向后退几步，解下了围在颈间的红领巾，塞到裤子口袋里。然后，又重新拔出拳头……

你说，这两位小朋友做得对吗？

我看，他们俩的行为，多少有几分是对的。

他们知道，红领巾是光荣的标志，是不应该玷污的。

他们知道，打架是不对的，知道不应该让这种行为损害少先队的光荣，红领巾的光荣。因此，他们在打架之前，把红领巾摘了下来。他们的这些认识，总是有点道理的。

红领巾是红旗的一角，是由烈士的鲜血染红的。红领巾在我们的胸前飘扬，象征着少先队员决心继承父辈的事业，决心跟着伟大的共产党前进。

每一个少先队员，当然不应该戴着红领巾，做粗野的、不文明的事情。

从这一点说，这两位少先队员是想得对的。要不然，他们正在打着，旁边有人走过来看见说："哟！红领巾还打架呢！"那有多难为情！

但是，问题还有另外一半：摘下了红领巾，是不是可以打架呢？

红领巾是少先队员的标志。那么，是不是只要把红领巾摘下，这时候，一个少先队员就暂时不是少先队员了呢？

在学校里上课，有时候可以因病、因事请假；某一次少先队的活动，也可以请假。但是，不能因为你请了假，就不是一个学生，不是一个少先队员了。做少先队员，从入队那一天起，到离队那天为止，都是少先队员。不能当中请两个钟点假，说这两个小时之内，我不是少先队员，先让我打上一架。我们的少先队没有这样的规矩。每一个少先队员也不应该这样做。

再说，既然我们知道打架是粗野的、不文明的行为，不愿意让这样的行为损害少先队的荣誉，我们为什么要让这种不好的事损害自己的荣誉呢？明知道这是不好的事，为什么还要去做呢？这样想，这一架就打不成了，两个人之间分不出高低胜负，是不是有点"没劲"？

本来，有许多纠纷是芝麻绿豆大的小事，何必一定要分什么高低、胜负？互相退让一步，少计较一点，团结得更好，岂不是更有劲？

即使双方争论的是重大的原则问题，那也不是靠拳头可以定高低的。你做的事没有道理，只因为力气比别人大，别人怕你，不敢说，心里还是不服气，你不可能用拳头强迫别人头脑里一定要怎样怎样想。两种意见不一样，只能靠讲道理，才能解决问题。一次讲不清，以后还可以再讲，可以找找书本，找找老师，也可以和其他同学一起研究。把道理弄清楚了，谁的道理对，我们就听谁的，这不是哪一个人的胜利或者失败，而是服从真理。

所以，我们说两位小朋友的想法有点道理，可是他们没有把正确的想法想到底。如果能沿着正确的方向想下去，他们就会做得更正确了。

听张老师讲馒头课

真怪！张老师今天来上课，一不带书本，二不带粉笔，手里却拿着半个馒头。看那脏样子，准是从垃圾桶里捡来的。

果然，张老师一开口就说："同学们，这半个馒头是我从宿舍区的垃圾桶里捡来的。今天我们上的这一课，就是请大家来讨论，这个馒头该不该扔？"

"不该扔！"大家回答得挺整齐。

"为什么不该扔呢？"

"馒头是粮食，不应该糟蹋粮食。"一部分同学这样回答。

"好，说得对。那么，那些随便扔馒头的人是怎么想的呢？"

大家回答不出这个问题。

张老师又问："如果我们去劝他不要糟蹋粮食，他会怎么办呢？"

"他会改正错误。"有的同学这样回答。

"是的，许多人是会改正的。"张老师说，"不过有没有暂时不愿意接受我们劝告的人呢？他们会怎么说呢？请大家想一想。"

"他会说，馒头是我们家花钱买的，我爱扔就扔，你们管不着。"

"下面，我们就来讨论一下，怎样去说服他。他说，他花了钱买馒头，这并不错。可是，为了增加粮食的产量，满足人民的需要，国家每年要花大笔钱兴修水利，增加种粮补贴，提供科技指导，补贴农机、化肥、农药，这些费用并没有都算到粮价里去。我们还应当知道，我们的国家人口多、耕地少，生产的粮食还有点不够，每年要从国外进口大量的粮食。买这些粮食要用外汇，要出口许多东西才能换来。如果能少进口一点粮食就可以多节省一点外汇来买机器，加快社会主义建设的步伐。明白这些道理，任何人都没有理由随便乱扔馒头了。因为这不是一家一户的私事，而是和国家的利益、'四化'的利益紧密相连的事。现在请潘小京同学说说你的想法。"

"以后遇到有人随便扔馒头，我们就把这些道理告诉他。"

"潘小京同学说得对，我们就是应当多讲道理。关于节约粮食的道理，我们的古人曾经说过不少，哪一位同学能够记得点吗？"

"有一首古诗说：锄禾日当午，汗滴禾下土，谁知盘中餐，粒粒皆辛苦。"

"有一句古话说：一粥一饭，当思来之不易。"

张老师说："这两位同学的记忆力都很好，这些古话说明粮食是农民辛勤劳动种出来的。我们吃的、用的、穿的这些东西都是劳动创造出来的，包括人本身也是劳动创造的，这个道理留到你们学社会发展史的时候再说。今天只说若没有劳动，没有劳动的成果我们的生活就一天也维持不下去。我们对待劳动的人，应该采取什么态度呢?"

"应该尊重他们。"这一次大家又齐声回答。

"对了。可是有的人就不知道尊重别人的劳动。有一天，有两个舞蹈演员去拜访一位女画家说，她们准备出国访问，要带一点礼物，想要两张女画家的画。说准备给一笔钱作为报酬。女画家说我这里不卖画，要买我的画请到北京荣宝斋（卖字画的商店）。这两位演员以为女画家是嫌钱少，又说愿意多给钱。女画家看她们不明白自己的意思，便说，我现在拿出300元来，请二位在我面前各跳段舞。这一说，才把两位年轻的女演员脸给说红了，她们向女画家道了歉。女画家看她们有了进步，心里很高兴，就送了她们每人一张画。

"这个故事说明对别人的劳动要尊重。如果你也喜欢画画，有人说拿钱买你的画，还等在边上，你画一张他拿去吐一口痰，然后放在地上踩，你一定会觉得这是对你的侮辱。现在有人把农民辛辛苦苦种出来的粮食拿去乱扔，不也是对农民的侮辱吗？"张老师最后说，"我知道，同学们当中也有人有这种乱扔馒头之类的坏习惯。上了今天的馒头课之后，不知能不能改啊？"

"能！"张老师感到，大家回答得特别干脆，特别响亮。

爱美吧

我的爱人喜欢种花，在家里种了月季、米兰、君子兰、马蹄莲、四季海棠、虎刺梅、龟背竹、吊兰、香雪兰等十几种花草。

我的小外孙看见他的姥姥每天都忙着侍候这些花，有点不理解，就走过来问："姥姥，您种这么多花干什么呀？"

"好看呀！"姥姥回答，并且反问小外孙，"你看好看吗？"

"好看。我喜欢。"

这样一种爱美的心，是人人都应当有的。

第二次世界大战，德国打了败仗。战争刚结束的时候，有一位美国记者，开着吉普车到战后的德国去采访。他一路看到，到处都是断壁残垣，许多房子只有地下室还能勉强住人。这位记者走进一间地下室，看到住在那里的居民衣衫褴楼，吃不饱肚子，可是家里仍然养着盆花。这位美国记者从这样一件小事当中看到了德意志民族的希望。他认为，这个民族的人民，在这样困难的条件下，依旧热爱生活，追求着生活中美好的东西，那么，这个民族是一定会振兴起来的。

这位美国记者的预言并没有错。在第二次世界大战以后，德国果然很快地复兴了，现在已经成为欧洲经济实力最强的国家之一。

爱美，真有那么大的力量吗？有的。你看过电影《夕照街》吗？那里面有一位老工人，他在大院门口胡同边上种了一片美人蕉，每天精心地浇水、松土、除虫、施肥，谁要在花丛中扔一团脏纸，他都觉得不能容忍。这位老工人，从小住在这个地方，住了几十年，他对这个地方有一种深厚的感情，要装扮它，美化它，不让别人糟蹋它。

我们人人都应当有这种爱美的感情，并且把它扩大开来，爱我们的家乡，爱我们的城市，爱我们壮丽的山河，爱我们伟大的国家。要努力来为自己的国家增添光彩，而不要玷污它，损害它，也不让别人来破坏它，侵犯它。

也许有人会说，"爱美，那是很容易的事。谁不爱美呢？"是的，花朵好看，人人都知道。但是，说爱美是那么容易的事，那就不见得了。

有的人虽然爱美，却有点不好意思。他们怕别人说他们"臭美！"说他们"就你美！"

还有的人分不清什么是美和丑。

让我们来举几个例子：

公园里的桃花开了，像一团团红色的云霞，你说美不美？你瞧着喜欢，折一枝回家，他也折一枝，结果，"桃花不知何处去，此地空留千树枝"，你说美不美？

一位小姑娘，穿得整整齐齐，头上扎着蝴蝶结，打扮得漂漂亮亮亮，你说美不美？可是，她和妈妈一起上公共汽车，不管别人排队，一头钻到前面，抢上了车，霸住两个座位，眼看一位白头发老太太站在她旁边，她也不让，还在喊"妈妈快来，我抢了个位子！"你说美不美？

一位小男孩，背着新书包，书包里的铅笔盒是带磁铁的，他又有钢笔，又有圆珠笔，又有好几支带橡皮头和不带橡皮头的铅笔。可是，这一天考试，在他的铅笔盒里竟有一张小抄的夹带。你说，这是美还是丑？

两个人吵架，你骂得难听，他骂得比你更难听，互相都要压倒对方才感到舒服。你说，他们是在比美，还是在比丑？

十二三岁的女孩子穿上高跟鞋，会损害她的脊柱。

美，并不是不可捉摸的。

美在生活当中。我们要一步一步放大眼界去认识它。

我们的学校多么美好。这里有相亲相爱的老师和同学，有朗朗的读书声，悠扬的歌声，还有体育场上热烈的竞赛。

我们的家乡多多么美好。绿色的原野，金黄的稻穗，银白的棉花，通红的苹果，这些都是我们父兄的汗水浇灌出来的。新的厂房在崛起，商店里年年增添新的商品。图书馆藏的书在不断增加，文化站的活动内容愈来愈丰富。我们这里有流传久远的民间故事，有值得骄傲的名胜古迹，有带着泥土香味的家乡小调。我们祖国的河山何等壮丽！庐山的烟云，黄山的松涛，峨眉的佛光，华山的险道，漓江的春水，青海湖的碧波，三峡天险，龙门石窟……令人流连忘返的地方数也数不清。

我们祖国的物产何等富饶！从金、银、铜、铁到石油、煤炭，各种矿藏，应有尽有。东北的大兴安岭，西南的西双版纳，密密的森林遮天蔽日。内蒙古草原，"风吹草低见牛羊"。天山的雪莲，西藏的红花，是稀世的奇药。我国特有的大熊猫和水杉，早已在世界上的其他地方绝迹，分别被称为动物界和植物界的活化石。

我们的祖国，有世界上最悠久的文明历史。

我们的祖国，有数不清的英雄人物。他们为了反抗外敌的侵略，为了反抗剥削阶级的暴政，英勇机智，不怕牺牲，为我们留下了可歌可泣的史诗。

我们的祖国，还有世界上最丰富的文化宝藏。古往今来，有多少动人的诗歌、小说、散文，有多少戏剧，多少音乐，多少美术作品，它们的魅力，永远吸引着后人，熏陶着后人。

世界上有这么多美好的东西，等着我们去认识，去了解。

我们对这些美好的东西，认识得愈多，我们对什么是美，也就了解得更深；我们也就会更有本领来创造更多美好的东西。

人间的美，都是人的劳动创造的。真正爱美的人，就应当爱劳动。

任何美好的东西，都要用斗争来保卫。真正爱美的人，都要学会保卫美的本领。

美在我们的行为当中，美在我们的语言当中，美在我们的环境当中，美在我们的心灵当中。

美和真连在一起，美和善连在一起。真、善、美，这三样东是分不开的。

敞开你的胸膛！把真、善、美的种子播在你的心灵里，让它们生根，发芽，开花，结果，我们的行为，我们的语言，我们的环境，也都一定会愈来愈美好的。

我就用这些话，寄予花儿一般的少年。

程小荣上山

今天，在西山过队日。第一项活动：爬山比赛。程小荣一开始就爬得很快。不幸，还没到半山，他就跌了一跤，右膝盖跌破了。程小荣还能上山吗？要不要别人背他？他上来了，没有要别人背，拄着一根棍子，一瘸一瘸，咬着牙，走到山顶来了。

王老师高兴地让程小荣站在山顶上的队旗下拍了一张照。

平常，大家都说程小荣有点娇气，今天，没有人这样说了。

平常，要是跌了这样一跤，至少得躺上三两天，没准光流眼泪就得流半小时。今天，难道就不疼了吗？当然不是。跌伤了，还要上山，一定疼得更厉害。

今天，程小荣为什么能上山呢？

因为，今天举行的是少先队的队日活动，山顶上少先队的红旗在鼓舞着他，呼唤着他。他知道，能不能克服困难，关系到一个少先队员的荣誉。于是，他的勇气和力量就比平常增加了5倍、10倍。人们把这种勇气加力量称作毅力。伟大的毅力是为伟大的目标激发出来的，实现伟大的目标，必须要有伟大的毅力。

因为，所有伟大的目标都是很难实现的。只有不怕困难，不怕失败，不怕牺牲，不怕别人嘲笑、讥刺、打击的人，才能走向胜利。

我们的革命事业不就是这样的吗？南京雨花台一个地方牺牲的烈士，就比天上看得见的星星还要多。

哪一项科学技术的发明不是这样的呢？

毅力，就是百折不挠的精神；毅力，就是赴汤蹈火、万死不辞的精神；毅力，就是艰苦奋斗、坚持到底的精神。

毅力，不是蛮干，不是盲目的，而是建立在科学认识的基础上，是努力去做那些应该做而又有可能做的事。这些事，在一些胸无大志的人、胆怯的人、懒惰的人看起来，是做不到的。

毅力，要从小培养；毅力，也是少年健康成长所必需的。

汉字有5万多个，至少要认它五六千才算粗通文字吧。没有毅力，你能一个一个啃下来？外文的单词，数学、物理、化学的公式，地理名词，历史事件，掌握哪一门科学不需要有毅力？

一个人做一两件好事并不难，难的是一辈子坚持做好事，不做坏事。没有毅力，做得到吗？

毛泽东说过"愚公移山"的故事。老愚公就是中国劳动人民的伟大形象，就是伟大毅力的化身。新的时代需要有新的愚公。中国"一穷二白"的面貌，要在新愚公的手里改变。

谁将要站在新愚公的行列里？

亿万新中国的新少年。

这本书是图书馆的

小惠从图书馆借来一本小说。虽然她非常急着想看这本书，还是先找了一张旧的牛皮纸，给书包了封皮，然后再打开来看。看了一会儿，该吃晚饭了，小惠向姐姐要一个书签，想夹在刚看到的地方。姐姐奇怪地说："咦，今天小惠怎么那么讲究！在书上折一个角不就得了！"

小惠说："不，这本书是从图书馆借来的。"

因为是从图书馆借来的书，所以要加倍爱惜，不折角，也不把书弄脏。小惠想得多么好啊！

有的小朋友，对自己的书是懂得爱惜的。新书领回来，先要包上书皮，在书上画一道线都不舍得。用了一学期，他们的书还和新的差不多。他们这种爱惜书的精神是很好的。一本书，干干净净，整整齐齐，一打开就给人一种愉快的感觉。如果把书弄得又脏又破，看着它就有点讨厌，也会妨碍读书的情绪。

可是，有的小朋友对从图书馆借来的书，就不像对待自己的书那样爱惜。他们觉得反正不是自己的书，看几天就还掉了，何必费精神去保护它呢，稍微弄脏一点，关系也不大，就是那么一点点嘛！

他们没有想过，图书馆的书是公共的财产，自己读过了，还有许多人要读，弄脏了或者弄破了就要给许多人造成不方便。不像自己的书，弄得不好也只影响自己一个人。所以，对待图书馆的书，应该比对自己的书更用心保护。

而且，正因为图书馆的书看的人多，如果每人都只弄脏、弄坏一点点，都自以为关系不大，许多人看过之后，加起来就可能使本新书弄得破破烂烂。甚至有的同学，看到书里有一段好的话，或者一张很漂亮的画，还要把这一页偷偷撕下来，那就更不对了。你喜欢这一张画，看了几天还舍不得，还要留在家里慢慢地欣赏，别人就会因此连一眼都看不上。而且，一本书里缺了一页或者几页重要的地方，看书的人就会觉得断了气，看不下去，或者看不明白，整个一本书的作用就会大打折扣。为了自己一个人影响那么多人，该是多么不道德啊！

也还有一些同学，对自己的书也不爱护，他们邋遢惯了，把图书馆的书弄脏弄坏了，也是心安理得，没有想到自己做得有什么不妥当。对于这样的同学，我们还要多提醒他们几句。他们不爱惜自己的书，也不好，但是到底还是个人的习惯。对待图书馆的书，就是关系到公共的利益，关系到一个人的道德品质，就不能再马虎了，希望他们从爱惜图书馆的书开始，养成好的习惯，然后对自己的书也能够爱护好。

帮周奶奶写封信

一放学，李小霞就急急忙忙往家里走。几个同学约她再玩一会儿，她都说不行。

别人问她："家里有什么急事？"

她说："隔壁周家奶奶等着我帮她写封信呢！"

有的同学说："老太太的信，尽婆婆妈妈的事，最没劲了。"

还有的同学说："这事简单，你作文做得那么好，写封信还不快？"

李小霞："写信比做作文可难呢！"

"那有什么难？做作文还要自己想内容，替人家写信就用不着，人家早有了内容，记下来就得了呗。"

李小霞说："我原来也想，写封信很容易。写了两封才知道有许多平常说的话，要写下来也真不容易呢。"

信不信由你。据李小霞告诉同学，替周奶奶写信，对她写作文还很有帮助呢。

李小霞说的话，我是相信的。写作文有两条重要的"诀窍"，一条是善于观察生活，能够把生活中有价值的东西抓出来；第二条是善于运用各种语言来描述事物、表达思想。替别人写写信，恰恰对这两条都很有用处。

一个人观察生活，常常会把许多重要的事情漏掉，事情虽然发生在自己的眼前，由于不懂得它的意义，就会视而不见。知道别人从别的角度怎样看生活的，就可以补自己原来的不足，使我们学会从更多的角度去看问题，就可以看见许多本来没有注意的事情，也就等于使自己的眼界更加开阔。

学会语言的运用，更离不开实践。许多词，在书上看见过别人的用法，老师也把用法讲清楚了，自己似乎也很明白，可就是还不会用。只有多次用熟了的，才会变成真正是自己的东西，到需要用的时候随时都可以拿出来用。帮助别人写信，也正是取得这样一种实践的机会。

写信和做作文还有一点重要的不同，这就是：写信不是故意做文章，而是要把真实的事情和感情告诉收信的对方。因此，一般来说，写信当中扭扭捏捏、装腔作势的东西比较少一些，文风也更加朴实。多有一点这样的实践机会，对改正文风，好处是不会小的。

重要的是：我们的学习本来就是为了应用，也只有在应用当中才能学得更好，更扎实。

我们在学校里天天讲为人民服务，这是共产主义道德品质当中一个最重要的内容。许多人常常抱怨没有更多的机会让他们来为人民服务，其实这种机会多得很，很可能机会每天都在找你，你却看不起这些机会。例如替周奶奶写信这样的事，就是一种很好的为人民服务的实践，这样的实践对于培养我们为人民服务的精神就很有帮助。同时，这些劳动人民身上又有许多好的品质，平时我们不一定看到，和他们接触得多了，才能感受得到。这也正是我们少年需要学习和继承的内容。

陆游对他的儿子说："汝果欲学诗，工夫在诗外。"一个学生的成长，也离不开许多课外的锻炼。

少先队员在家里

小明早上醒来，觉得时间已经不早，急急忙忙跳下床，穿上衣服。洗脸、漱口，三下五除二，梳洗完毕。匆匆忙忙喝了几口粥也顾不得洗碗，拿了块馒头就往外跑。

"被子还没叠呢！"奶奶在后面喊！

"我要赶到学校去做好事！"小明头也不回，边跑边回答。

小明的确是去做好事的。他是少先队员，少先队员怎么能不做好事呢！

何况，小明还想做一个优秀少先队员呢。这就更得多做好事了。

可是，现在大家都在学雷锋，都在抢着做好事呀。要是到学校去晚了，好事都被别人抢去做完了，小明可就没有好事可做了。这怎么能叫小明不着急呢？

奶奶在后面叹气，可是小明没有听见。他的脑子里在打主意呢。其实，他的主意昨天就打好了：

学校里有几棵大槐树，夜里准得有树叶掉下来，早上把它扫干净，不是一件大好事吗？

要做这件好事，就得早去学校，把扫院子的大扫帚抢到手。至于放扫帚的地方吗，小明昨天就侦察好了。

小明急匆匆地向前跑。

"小明哥哥！吃油条吗？"这是隔壁3岁的小红跟她的妈妈出去买了早点回来。

"不吃！"小明心里太着急了，也就顾不得讲礼貌了，连和阿姨打招呼都忘记了，他一阵风似的冲过去。小红奇怪地问妈妈："小明哥哥怎么啦？"小红的妈妈也回答不出，只好笑一笑。

小明跑得那么急，还是有人抢在他的前面。他跑到学校，只见槐树底下干干净净，一片树叶都没有。

小明不高兴了，整整一天都不高兴。放学以后，回到家里，他赶紧做完作业，就坐在那里发愁。他在那里"开动脑筋"哩！他定要想出一件谁也抢不去的好事来做。

"小明，来帮奶奶择择菜！"

"我有事！"小明没有动，他正忙着"动脑筋"呢！

吃完晚饭以后，妈妈说："小明，把爸爸买来的白兰瓜给楼上王奶奶送一块去！"

"我有事！"小明还是没有动。他还没有想出办法来呢！

夜渐渐深了，小明的办法还没有想出来，他也只好睡觉了。妈妈又在招呼："小明，还没有洗脚呢！"

"我不想洗了！"小明的情绪不高。

"这点卫生都不讲，还是少先队员呢！"

小明回答妈妈说："现在是在家里，又不是在学校里。"

你们说，小明的回答对吗？

一个人能不能劈成两半，走到学校里就变成少先队员，回到家里就不是少先队员，明天到学校里又变成少先队员?

无论如何，小明想做好事总是好的。他为什么想不出可以做的好事呢？你能帮他出出主意吗？

妈妈哪天过生日

你过生日的那一天，妈妈给你准备了新衣服，给你准备了礼物，准备了你喜欢吃的东西。因为这一天意味着你又长了一岁，在人生的道路上又向前迈进了一步。

妈妈祝贺你，祝贺你比过去又长大长高了，祝贺你又懂得了许多做人的道理，祝贺你学到了许多新的知识。

妈妈祝贺你，祝贺你在新的一年里取得新的进步。

你觉得这一切都是理所当然的。这一天你过生日嘛！

如果到了你过生日的那一天，谁都不记得这一天是你的生日，你准会不高兴。可是，你是不是知道，妈妈哪一天过生日呢？你能不能记住她的生日，到那一天也不会忘记呢？

"妈妈没有告诉过我。"

请你先别忙嚷着嘴解释。我只想问你：妈妈给你过了那么多生日，你为什么就想不到问一问妈妈哪一天过生日？为什么不能把这天牢牢地记住？

"妈妈是大人。"

是的，妈妈是大人，大人应当关心孩子。那么，做孩子的是不是也应该关心大人，关心长辈呢？

"妈妈小时候有外公、外婆给她过生日。"这是事实。可是，现在妈妈年纪大了，是不是就没有生日了？就不要再过生日了？以后，妈妈的年纪还要大，外公、外婆都不在了，谁来记住她的生日？谁来给她过生日呢？

"我又没有钱给妈妈买东西，记住妈妈的生日有什么用？"

纪念妈妈的生日，并不一定要买什么东西，首先是让我们借这个机会想一想，妈妈为我们费了多少心血，付出了多少辛苦。天气凉了，她叮嘱我们添衣服；吃饭的时候，她关心着我们的胃口；我们做作业时为一道做不出的题皱起了眉头，她在旁边为我们着急，我们拿回了成绩单，她为我们的进步微笑；我们和邻居的孩子发生了争吵，她含着眼泪带我们去道歉；我们病了，她整夜守在床头，不曾合眼……妈妈呀，妈妈，她是最亲爱的人；妈妈呀，妈妈，她有最伟大的感情。可是，这一切并不是每个孩子都想到了的。记住妈妈的生日，到了这一天，让我们想一想这一切，你说有多好！

让我们想一想吧：在过去这一年里，有没有因为我们淘气，给妈妈增添了烦恼？有没有因为我们学习不用心，使妈妈失望？有没有在饭桌上挑食，使妈妈为难？有没有无缘无故地顶撞，使妈妈伤心？

让我们想一想：在妈妈过生日的时候，我们用什么新的成绩、新的进步来安慰妈妈的心？可不可以主动帮妈妈做一点家务事，为她减轻一点辛劳？也许你可以做一个小小的手工，来表示你的心意，也许你可以写几句心里话，作为祝寿的献词！

妈妈看见了我们的一颗赤子之心，她会多么的高兴啊！

到老师家去家访

上次，我们讨论了怎样看待老师到学生家里"家访"的问题。我们高兴地知道，小勇到底没有去拔张老师自行车的气门芯，我们还高兴地知道，经过老师和家长的共同努力，小勇比过去进步得更快了。从那以后，小勇和张老师之间的师生感情，也比过去更好了。

但是，我们觉得，这样还不够。

为什么从来只有老师到学生家里"家访"？学生能不能也到老师家里去做几次"家访"呢？

这样做，不但是可以的，而且是需要的、应当的。

平常学生看老师，多少有几分怕。虽说现在是新社会，体罚的现象很少发生，老师和学生的关系，已经不是旧社会那种猫鼠关系了。但是，学生和老师只在课堂上接触，只看见老师是有学问的、严格要求的一面，只感到老师的可敬，不容易感到老师的可亲。而且，学生看老师，还多少有一点神秘。

到老师家里去看看吧！你可以看见，老师家里的老人、爱人和小孩，看见老师在一张什么样的桌子上备课，改作业，看见老师家里有些什么书，这些书放在什么地方。看清楚了老师家里的条件，你就可以想到你的作业本上的字迹实在不应该太潦草。你还可以看见，老师家里也和你家一样有许多家务，看见老师也要生炉子、买菜、做饭、洗衣服，可见，老师的时间也很不宽裕。这才可以知道，老师要多访问一户学生家庭，要多给学生讲一点新东西，是多么不容易。

你还可以看见，老师是怎样尊敬老人的，是怎样爱孩子的，是怎样处理邻居关系的。你可以发现老师也是一个感情丰富的人，并不是冷冰冰的。你可以从老师的行为，看到老师的道德品质，你对于老师平常在课堂上讲的道理，就可以理解得更清楚了。你还可以通过老师的为人，来学习老师的品德。这比只从道理上学，一定会深刻得多，具体得多。

到老师家里"家访"的时候，同学们当然要和老师谈话，但是这种谈话和课堂上提问题不一样。这种谈话，范围并没有严格的限制。从学习的方法，到对人生的见解，对自己前途的估计，什么都可以谈。而且还可以谈得比较自由，就好像谈心一样。自己想不通，还可以和老师辩论。因为这种谈话并不记分数，所以大家的胆子就比较大一些，什么问题都可以提出来，不用担心人家认为你学得不好。结果呢？问题提得愈多，愈能促使你学得更好。

师生之间，这样一交谈，互相更加了解了。以后，无论是遇到前途问题、学习问题、家庭问题、友谊问题，都可以找到老师，请老师指点，当参谋。如果我们平常和老师接触很少，到了有问题的时候，就会不好意思去找老师，去找了，老师也可能因为平时对你了解不够，难以拿出合适的主意来。

看看你的老师去吧！

小铃病了

这一天，教室里右前排有一个位子空着。那是小铃的座位，她今天没来。小铃可是个小铃，她笑起来就像一串铃声那样清脆、悦耳。她又是个活泼好动的孩子，走到哪里，哪里就热闹起来。今天她没有来，教室里显得冷清多了。

她为什么没有来呢？

刘华中午跑到小铃家去看了一下，小铃病了。

下午放学之后，一群女同学都拥到了小铃家里。看起来，她病得不轻呢，一两天还上不了学。

第二天放学的时候，大家又去了，张平还给她带去了一个大苹果。住在张平家楼下的李爱云想起，今天是张平的生日，这苹果准是……不过张平可没说。

第三天，发作业本，学习组长于敏替小铃领了本子，小铃还得了个"优"呢。想不到，把作业本给小铃看了之后，她反而哭了，大家都弄不清她是怎么回事。最后才明白，她是担心以后要跟不上了。

大家都不说话。没词了，说什么呢？

只有于敏小声地说了一句"没关系"。

大家还是不说话。虽然不说话，心里可在想：什么没关系，说得轻巧。要是落下两个星期课，怎么赶呀！落到你头上，你也轻松不了。

啊，明白了！谁不知道，小铃和于敏是我们班学习上的两个尖子，平常你追我赶，轮流抢那个第一。哼！这次可好了，人家没法跟你抢了，你当然高兴，当然会说没关系了！

第四天，放学以后，到了小铃家里，于敏交给小铃一个崭新的笔记本，里面工整地抄着这几天听课的课堂笔记。啊呀！她是什么时间抄的呢？怎么谁也没看见呀！

第五天，男同学们也来了，他们终于打破了男女生不来往的界限。鲁小江还带来一束鲜花。

杨杉拿来了一块巧克力。他说是他爸爸出差从上海带回来的，吃不完就要化掉了。其实，包装纸上印着本地的厂名，早就露了馅。这些男同学啊！说谎的本领还没有学会呢！

可是，你也不能小看他们。过了一天，他们又来了。从书包里拿出一台录音机，打开一放，居然是老师讲课的录音！

大家夸他们，他们还谦虚呢！说全是受了于敏笔记本的启发。

小铃的妈妈一股劲地夸着同学们说，你们班的集体真好！

是啊！这样好的班集体，你们羡慕吗？

她是怎样形成的呢？这里有什么秘密吗？

这种秘密就在我的心里，也在你的心里。你到你自己的心里去找吧！

最深沉的爱

我要说的是一位意大利少年的故事。在故事发生的时候，这位少年只有11岁。

这是一位不幸的少年，他从小被卖给戏班，受尽了虐待，连饭都吃不饱。当这个戏班在西班牙演出时，这位少年忍受不了，终于逃了出来，找到意大利领事馆请求保护。领事馆送他上了一条开回意大利的轮船。在船上有三个外国人，同情他的遭遇，给了他一些钱。

这三个外国人在船上，一面喝酒，一面谈话。他们谈到意大利，一个说意大利的旅馆不好，一个攻击火车，一个说意大利住着的都是骗子、土匪。一个说："愚笨的国民！"另一个说："下等的国民！"还有一个说："强盗……"

就在这时候，银币、铜币像霰子一般落到他们的头上和肩上。

"拿回去！"这位意大利少年对着他们怒叫，"我不要那说我国坏话的人的东西。"

这是从一位意大利作家亚米契斯写的《爱的教育》中看到的故

事。那时，我才只有7岁。可是，我还是被这个故事，被这位意大利少年说的话深深地打动了。

我少年时候，正是抗日战争的前夜，中国的国土一天天地沦丧。无论男女老少的爱国热情都很容易被激发起来。

爱自己的祖国，这是一种最伟大的最深沉的感情。古往今来，有多少人为自己的祖国，贡献了一切，包括自己的生命。

祖国的壮丽山河，引起了多少诗人的放声高歌；祖国的灾难，又使多少诗人感到痛苦。唐朝诗人杜甫在国家受到内战破坏时写下了《春望》中这样的诗句：

国破山河在，城春草木深。
感时花溅泪，恨别鸟惊心。

为了祖国，有多少爱国志士把自己的生死置之度外。宋朝的丞相文天祥说：

人生自古谁无死，留取丹心照汗青！

"汗青"，指的是历史。文天祥英勇不屈的事迹果然留在历史上，永远激励着后人。

明朝末年，清兵入关。史可法在长江北岸抗击清兵，被皇帝召唤到南京。史可法听说战况紧急，又立即率军回江北投入战斗，连在南京城里的母亲都没有见一面。船到燕子矶，史可法吟了这样一首诗：

来家不面母，咫尺犹千里。

矶头洒清泪，滴滴沉江底。

这些爱国的志士，正是我们伟大民族的脊梁。

我们的国家还落后，还有许多地方不如别人。改变这种状况是今天一切中国人的任务，也是今天中国的少年们长大后要去完成的任务。

为了完成这个伟大的任务，我们和前人一样，需要培养我们对祖国的最深沉的爱。

我们要懂得祖国光辉的历史。

我们要认识祖国大好的河山。

我们要熟悉祖国的文化……

中国女排的教练袁伟民在最关键的时候，对队员们说："记住，我们是中国人！"

我们每一个人都应当记住："我们是中国人！"要为我们的祖国增添荣誉，绝不让她受到一点损伤！

送礼和讨还

两个好朋友闹翻了。他们红了脸，谁也不愿意再理睬谁了。

"送给你的笔记本呢，还给我！"有一位想起当时对这位朋友多么好，觉得上了当，心里很气愤，于是提出了讨还的要求。

"不要脸！给人的东西还作兴往回要？"那一位不服。

"你才不要脸呢！拿人家东西不还！"

"又不是我问你要的，你自己给我的。"

"那时候你骗我，假装跟我好。"

"我们勾过手指头的，说话不算是小狗！"

"你赖，是癞皮狗！"

"那我送给你的铅笔也要讨还！"

"那是我用橡皮跟你换的。"

……

这一场争论，越争越吵不清。

怎么办呢？

我也不想来当裁判员。我只想借这个机会对小朋友当中的送礼和讨还说几句话。

要好的小朋友，用文具或者一些小东西的时候，不分彼此，你有的东西我也可以用一下，我有的东西你也可以用一下。这样做好不好呢？我想，是好的，互相支援，互通有无，大家都方便了。

至于互相送礼，这就没有多少必要了。

少年还没有自己的经济收入，需要用的东西都是拿父母的钱买来的。不应当自己做主，随便送人。

而且，少年的思想往往不稳定，想问题不容易想周到，常常是感情一冲动，很快就做出决定。过了几天或者几个星期才发现某一样东西是自己需要用的，或者感情上发生了波折，于是对原来的决定后悔起来，许多纠纷就是这样产生的。到那时，即使别人愿意把东西还给你，但是因为过去了那么多时间，也许那件东西已经被他丢掉了，或者弄坏了，怎么办？没有丢、没有坏的东西，也难免旧了、脏了，这又怎么办？还不如干脆不要互相送东西好。

真诚的友谊本来就不是靠送东西来维持和发展的。

这当然不是说一点小的纪念品也不能送。送几张书签做纪念交换几张年历卡，把外地带回来的风景画片分给几个同学，这一类事情是常有的，也不能算什么送礼，也不会受到反对。

问题是，当两个原来的好朋友决裂了，绝交了，怎么办呢？

首先，我们不要把这样的事看得太严重。今天说是"绝交"，其实明天或者后天还是可以再和好的。互相都是同学，不是势不两立的敌人，有什么根本的利害冲突不可以解决呢？

其次，已经给了别人的东西，不管你现在想起来怎样后悔，也不论当时是不是应该给，都不要去再要回来。

东西既然给了别人就说明所有权转移了，就应该由别人来支配了。如果说后悔，那就吸取个经验教训吧，以后不要再这样做了。以前的事，已经做了就算了。要知道，友谊的破裂，在双方心灵上都是一道创伤。我们只能希望伤口早日愈合，而不要再向伤口上撒一把盐。

从接受过别人比较贵重一点礼物的人来想，本来这些东西就是不应该接受的。如果说，过去它留在自己手里象征着双方的友谊，那么在友谊破裂之后，它就已经失去了意义。如果这些东西还在手边，还没有毁坏，那也不妨主动还给对方，但是绝不要以要求对方也归还自己什么东西做条件。

还骂有理吗

两位小朋友为一件小事争吵起来，你骂我一句，我骂你一句越骂越难听。

老师知道了，过来排解纠纷。

两位小朋友都争着向老师申诉：

"他先骂我的。"

"不，他先骂我的。"

……

好像只要自己不是第一个开口骂人的，道理就在自己这边。

弄清楚一场争吵的起因，是必要的。老师在处理这一类纠纷的时候，也往往要把事情的前因后果调查清楚。在争吵当中，谁最先开口骂人，一般来说，要负更多的责任。

但是，是不是因为别人骂了我，我要是还骂，我就有道理了呢？

我们说，不是这样。无论怎样，骂人总不是文明的行为。在同学当中发生了争执，更不应该用骂人的字眼。

那么，别人骂了我，我却不能还骂，我不是吃亏了吗？这样想问题的人，认为骂了别人就是占了别人的便宜，他们完全想错了。

只要我们自己做得对，别人骂几句，是损害不了我们的。相反，谁张口骂人，却等于在那里贬低自己，等于在那里请大家参观：我这个人多么不文明，多么粗野，多么不懂礼貌，我的道德水平多么低。他骂人的话愈是难听，也就越是损害他自己。可惜，骂人的人往往不懂得这一点。

或者，对骂人的人不还骂，会显示我们的软弱吧？这种想法也是错了。

你看交通警察在纠正违反交通规则行为的时候，总是走上前去先敬一个礼，然后再提出纠正的意见。这当然不表示交通警察比违反交通规则的人更软弱。警察叔叔这种有礼貌的行为，是在向人们表示，人民警察的宗旨是为人民服务；也是在向人们表示，这些警察叔叔充分相信自己所做的事是有法律根据的，是正确的，对方的错误是一定可以纠正的。这些有礼貌的行动，对于纠正对方的错误，也是最有利的。

我们看见有人骂人，当然要去劝告，要去制止。因为这是不文明的行为。我们的同学有了这样的行为，我们当然要帮他改正。也许他们暂时听不进去，接受不了，甚至还要继续骂难听的话，我们也不怕，我们还是要继续帮助他们。但是，这种帮助只能是向他们讲道理，而不能跟他们一样，和他们对骂起来。如果我们也开口骂起人来，那不是把我们自己也变得和他们差不多了吗？那还怎么能帮助别人呢？用还骂的办法来制止骂人，是制止不了的。

讲道理要别人听，很不容易。加上我们年纪小，有些道理时讲不清楚，讲不透彻，这就更增加了困难。这也不要紧，一次不成，下次再来，三次五次，十次八次地讲下去；一个人讲没有用就争取别的同学一起帮忙讲。只要我们坚持正确的做法，总归是会成功的。

柿子熟了

院子里有一棵柿子树，树上挂满了柿子。

多少年来，这棵柿子树年年结柿子，可是，年年大家都没有熟柿子吃。为什么呢？

柿子还青着的时候，有的孩子就上树去摘。你摘，我也摘，都怕等不到熟，柿子就被别人摘光了，自己连生柿子都捞不到。于是，就互相比赛起来，结果当然是大家都吃不上熟柿子。弄得老柿子树也很生气，它年年辛辛苦苦地结柿子，却都落得个白费气力。

今年不同了，孩子们在一起开过会，大家商量好，谁也不去摘生柿子。还说定如果柿子熟了自己掉下来，无论谁检到，都把它交给前院的老爷爷保管。

这样一来，可真有效。大家数着树上的柿子：一个、两个……全大院家家都能分好几个。大家都夸孩子们好，说看见这些孩子想着集体，私心少了，大家比吃上几个柿子还要高兴。

应该打一声招呼

早上上学校，金小光路过蔡小荣家门口，邀蔡小荣一起走。

蔡小荣说："等一等，我和爸爸、妈妈打一声招呼。"只听他对爸爸、妈妈说，"爸爸、妈妈，我上学去了。"

蔡小荣的妈妈说："过马路小心点。"

蔡小荣答应着走出门来。金小光说："你们家真啰唆，早上上学谁不知道？还一定要说一声。"

可是，金小光说得并不对。不但出门应该打招呼，回家进门也应该和家长打招呼，报告一声说我回来了。这是一种礼貌，也是一种必须。

每天早上都去上学，为什么还要打招呼呢？

因为，也可能有一天不是上课而是出去参观，或者参加运动会，等等。这样的机会不多，但是总是有的。因为，还要听听长辈有什么事要自己办，例如放学回家的路上买一瓶酱油之类；有什么事要叮嘱自己注意，例如路上不要打闹，等等。

从外面回家，先打一声招呼，就等于报了到。互相离开了几个小时，应该向父母报告一下自己的情况，也需要知道父母的身体好不好，又有什么事情要自己去做。

有的孩子，出门进门都不知道打招呼，来去好像一阵风，门一碰就走了，好像这个家里没有别人存在。这就显得对父母或者其他的人很不尊重，很不关心。有时家里的人因为不知道他们上哪里去了，为他们担心，牵挂他们，他们还不知道呢。

今天不是他值日

算术课上，马小京在做习题。桌上放着一张草稿纸。

做到一半，马小京的铅笔尖断了。他拿出小刀来削铅笔，削得很小心，把碎木片和铅笔屑都放在草稿纸上，然后继续做题。忽然来了一阵风，马小京赶忙按住草稿纸，可是还有一些铅笔屑吹到地上去了。马小京"啊呀"一声，许多同学都朝他看，却没有发现什么事。马小京轻轻地用草稿纸把碎木片和铅笔屑包好，揉成一团，放在桌子角上。下课了，马小京把纸团扔到字纸篓里，又找了把扫帚来扫地。

周小春问他："上课时你大惊小怪干什么？"

马小京说："没什么，一点铅笔屑吹到地上去了。"

"嗨！今天又不是你值日。"

"那我更应当保持教室的清洁呀。不然，不是给值日生添麻烦吗？"

马小京说得对。如果每个人都只在当值日生那一天才关心教室的清洁，其他的日子都不关心，每天都是一人扫、十人扔，那值日生就很难当了，教室的清洁也很难保持。

从中队长到小队长

耿丽花上学期当中队长。

这学期少先队组织改选，中队长选了秦红，同学们又选了耿丽花当小队长。

耿丽花乐呵呵地，干得很起劲。

她的好朋友童群不服气，对她说："凭什么把你的中队长'刷'了？选不上中队长，你就别干！"

耿丽花说："不，无论当中队长，还是当小队长，我都应该把工作做好。当队长又不是做'官'，分什么高低！这都是为同学服务，也学一点为人民服务的本领。我怎么能不把工作做好呢？"

"你倒想得开。你的思想这么好，为什么不让你再当中队长呢？"童群还是想不通。

耿丽花说："秦红当中队长不是也很好吗？我妈妈就说过，社会工作要大家做，让大家都有学习和锻炼的机会。我当过中队长没有当过小队长，换一个工作，也可以多一点经验。"

你说，她们两个人的看法，谁对谁不对？

牙膏皮与鼓乐队

牙膏皮和鼓乐队本来互不相干。

一群孩子把这两者联系在一起。这群孩子是南京市的少先队员。

南京市的少先队员和革命老区大别山光山县王大湾希望小学的同学结成了手拉手的好朋友。南京的少先队员曾经带着文艺演出节目到大别山去看小朋友。他们发现，山区的小朋友缺少文艺器材，就下决心要帮助朋友们装备一支鼓乐队。

怎样解决装备一支鼓乐队所需要的经费呢？南京的孩子们不是伸手向爸爸妈妈要钱。他们发出了一个号召：收集牙膏皮。

牙膏皮是每家都有的东西。牙膏用完了，牙膏皮就成了废物又不值钱，没有人把它卖给废品回收站，只能随手扔掉。收集这个东西，第一条好处是资源丰富；第二条好处是同任何人的利益都没有矛盾。果然，这项活动开展得很顺利，很短时间内就收集到了10万个牙膏皮。

1个牙膏皮是废物，10万个牙膏皮就成了一笔财富。企业可以用它来作为再生原料，变废为宝，成为社会的财富。这是这项活动的第三条好处。第四条好处是集腋成裘，换得了装备一个鼓乐队的资金。

还有没有第五、第六条好处呢？有的。孩子们可以从活动中受到环境保护意识的教育，勤俭节约意识的教育，助人为乐意识的教育，认识到自己的力量，集体的力量，锻炼办事的本领，等等。也许还可以从中找出一些其他的好处来。

现在，这项活动已经结束，一个鼓乐队的器材已经送到了大别山。重要的是这项活动留给我们极其丰富的启示。它不仅使我们看见了牙膏皮这样的不起眼的小东西（当然，社会上没有收集起来的牙膏皮或者其他类似资源还很多很多），它更使我们看到了一种扎扎实实的非常有效的思想道德建设的过程。

道德作为人与人之间关系的行为规范，只有在处理人际关系的实践之中才能形成。共产主义的道德把公众的、社会的利益放在第一位，更只有在为公众利益服务的实践中才能养成。道德舆论氛围的形成则有赖于一定范围的社会群体共同从事某一类社会实践，得到共同的感受，从而产生共同的评价标准。这些，都不是空洞的说教所能奏效的。南京的孩子们在收集牙膏皮的过程中，对于自己正在从事的是一项崇高的事业，有着明确的认识，他们为自己有能力实现这样看来好像难以完成的事业，感到骄傲，感到愉快。这样的道德建设过程就不是勉强的、被动的。

南京的少先队员想出这样的主意，并不是因为他们特别聪明。他们的认识也是从过去已有的实践中产生出来的。大别山王大湾希望小学就是靠全国小朋友用压岁钱建立起来的。这样的"手拉手"希望小学已经陆续建立了4所。王大湾小学旁边有一条小河，河对岸的孩子每天要涉水过河才能上学。南京的少先队员曾经用收集空易拉罐等方法帮助王大湾筹集建桥资金。正是这些反复的实践培育了孩子们的爱心，锻炼了他们的能力，增强了他们对自己力量的信心。

社会的物质文明和精神文明，归根到底，都是靠群众自己动手建设起来的。同物质文明建设领域一样，在精神文明建设领域中群众每天都有许多新的创造。南京市少先队员的经验，不就是很值得人们重视的吗？

"姥爷吃拜糖平"

有一位朋友，父亲有糖尿病，每次餐前都要服拜糖平。这位朋友的孩子3岁。看到大人每次都提醒姥爷，她也想做这件事。一次饭前，她就抢先说了："姥爷吃拜糖平。"得到大人的鼓励，她就接着做下去，3天之后就养成了习惯。每次餐前，提醒姥爷吃拜糖平就成了她的责任。

孩子上了幼儿园，和小朋友的关系都很好，她也很乐意帮助更小的小朋友。有一次她感冒发烧了，大人说："请个假吧，明天不去幼儿园了。"她却说："那可不行，我不去了，小莉上厕所时，谁帮她提裤子呢？"原来她已经把帮助小朋友当作了自己分内的事情。

人在社会中生活，享受着社会亿万成员千百年来创造的各种文明成果，他也要回报社会，承担起自己的一份责任。这责任无论大小，但只要他承担，他就会感受到自己存在的价值，他就会感受到快乐，他就会有克服各种困难的前进动力。

可惜许多大人往往要剥夺孩子的这种快乐。他们这也不让孩子做，那也不许孩子做，只是逼着孩子背书做作业。他们自以为给了孩子幸福，孩子感受到的却都只是沉重的负担。

一位10岁的孩子，从小在家里没有做过任何家务。一天，妈妈病了，要求他做一点小事。他答应了，可就是不动。妈妈一次次地催，仍然无效。妈妈批评他，他还顶嘴。妈妈生气了，说了他几句。他也生气了，把门一摔，说："我不在你们家待着了。"说着便出走了。为什么他会说"你们家"？因为对这个家，他没有做过任何贡献，因此他也就不能感到这就是"我的家"。

有一位女孩因为生活上一些不如意的事决定割腕自杀。她做了周密的准备，计划实施时，血已经开始往外流了，她忽然想到：我死了之后，爸爸妈妈怎么办呢？就是这一念之善，使她开始呼救，挽救了一条生命。实际上如果人的心中没有其他人，只剩下自己，生命的价值对他就会失去意义，他就会变得无比脆弱，经受不起任何挫折和打击。

我的爱人最近病了，双脚肿胀。医生检查之后说是静脉回流受阻引起的淋巴急性发炎。原来人体的血液经过血管把营养输送到全身，还要经过静脉回流。回流受阻，就会滞留，就会肿胀，造成各种疾病。

家庭、社会的每一个成员，都受到家庭、社会爱的滋养。但是，任何一个成员都不能是只接受爱的终端。爱也是需要回流的。只有接受，没有付出，一定会出毛病。

一位大学老师告诉我，学生中有学习委员、生活委员，都是优秀分子。学习委员一般成绩更好些，就业时往往有优势。可是几年之后往往是生活委员的发展成就更大些。这是因为他们更习惯于为他人着想，也就更容易被他人接纳。

每天变好一点点

每天变好一点点

有一天走过书摊，赫然看见一本书：《每天变坏一点点》。当时正有别的事，匆匆走过，来不及翻阅一下。不知道这本书里究竟写了点什么。是让人警惕每天变坏一点点可能会有什么样的后果，还是教人慢性变坏的方法？我想，至少不应当是后者。否则，真是太可怕了。

也许应该出一本书，书名就叫《每天变好一点点》，不知道是不是有人有兴趣写，读者是会有需要的。因为，人都有或多或少的缺点、弱点，不可能尽善尽美，总有进一步变好的余地。人又都有尽可能完善自己的愿望，至少绝大多数普通人会有这样的愿望。人们看到那些经常宣传的典范人物，又往往觉得离自己太远，虽然也佩服他们，又感到做那样的人太累，或者即使太累也未必能做到。于是，很难下决心，像他们那样做人。

但是，如果每天变好一点点，不要多，只要变那么一点点，其他还是原来的自己，这就应当没有什么困难了。

这种一点点，机会是很多的，用不着费心思去刻意寻找。

这种一点点，做起来很容易，用不着出很多的力，更用不着付出多大的牺牲做代价。

这种一点点，变起来很自然，用不着经过多么激烈的思想斗争。

例如，今天在公共汽车上给老人让一次座。

例如，今天出去旅游，不随地乱丢垃圾。

例如，在课堂上帮老师擦一下黑板。

例如，下班时，问一下留在单位加班的同事，有没有需要帮忙的地方。

例如，为大家打一次开水。

例如，给请病假的同学、同事打一个电话。

例如，随手关了一盏不需要的灯。

例如，注意一下马桶抽水后是不是漏水。

例如，发现一次别人的优点。

例如，学到一些新知识。

例如，有事晚回家，给妈妈打一个电话，减少她的挂念。

例如，记住爱人的生日，给她送一枝玫瑰花。

例如，帮朋友找到一本他所需要的书。

例如，注意到某位朋友所需要的信息（一件什么式样的衣服某商场的廉价商品、某种就业机会、某种土特产），并且把这个信息告诉他。

例如，和别人打交道时给对方一个微笑。

例如，有了磕磕碰碰主动说一声对不起。

例如，自己过生日时对父母，特别是母亲表示一声感谢。

例如，扫地时连门口的楼道也顺手扫一下。

这样的例如，不需要再举下去。每个人都可以随处看到。每天"一点点"，1年就有365个一点点。10年就有3650个一点点。50年就有18250个一点点。而且，量变会引起质变。人的气质胸怀、眼光、度量，都会发展到新的境界。当然，我还是我，不会变成另一个人。

追求是一个过程。"从善如登"。山要一步一个脚印地爬，人生的路要一步一个脚印地走。走下去，自然会有一个愉快、充实、安详的境界。

不知道的世界——我的妈妈

请不要以为我把标题写错了。不要以为不知道的世界只存在于遥远的古代或者莫测的未来，只存在于宇宙星空或者地层的深处，只存在于科学的未解之谜中。妈妈的确是你最亲爱最熟悉的人，但是，妈妈身上同样有你不知道的世界。你不相信？好，请你看看下面的问题，你能回答多少。

妈妈出生在哪一年的哪一天？

妈妈的属相是什么？

妈妈出生的地点在哪里？

当时妈妈家里有几口人？住几间房？什么样的房？多少平方米？家里有没有厕所、浴室？

妈妈叫什么名字？谁给她起的名字？有什么意义？

妈妈的小名叫什么？

妈妈小时候在哪里洗澡？

妈妈像你现在这样大的时候吃过什么水果？一次吃多少？

妈妈小时候喝牛奶吗？

妈妈长到多大开始吃上巧克力？

妈妈长到多大开始吃上冰淇淋？

妈妈读小学时用过几个书包？什么样的书包？多少钱一个？

妈妈在小学和中学时，哪一门功课最好？最高得过多少分？

妈妈在学校里受过什么表扬？

妈妈在学校里担任过什么职务？

妈妈上学的路离家有多远？

妈妈读小学时有多少本课外读物？

妈妈小时候玩什么游戏？

妈妈会背哪些古诗词？

妈妈爱唱什么歌？

妈妈会跳什么舞？

妈妈小时候会做哪些家务？

妈妈什么时候开始会做针线活儿的？

妈妈什么时候开始会做饭？

妈妈什么时候有了自己的手表？

妈妈家里什么时候有了电视机？CD？录像机？VCD？DVD？

妈妈什么时候开始用电脑的？她小时候玩过电脑游戏吗？

像你这样大时，妈妈有几件毛衣？妈妈记日记吗？

妈妈多大的时候谈恋爱？妈妈多大岁数时结婚？有哪些人参加了她的婚礼？

妈妈结婚时住在什么地方？什么样的房子？

妈妈怀你的时候有什么妊娠反应？

妈妈生你的时候是顺产还是难产？经历过什么痛苦？

你吃过妈妈的奶吗？多长时间？奶水够不够？妈妈想了什么办法？

你断奶的时候，妈妈想了哪些办法？

你小时候有没有夜啼不睡觉的毛病？如果有，妈妈怎么办的？

你小时候有没有挑食的毛病？如果有，妈妈怎么办的？

你小时候妈妈一天要给你洗多少块尿布？

你有没有受伤出过血？当时妈妈是怎么办的？

你第一次生病上医院时，妈妈急成什么样了？

妈妈何时参加工作？都做过哪些工作？

妈妈第一个月的工资是多少？怎样用的？

妈妈在工作中受过什么奖励？得过什么表扬？

妈妈一天工作几个小时？路上几小时？做家务几小时？吃饭几小时？睡眠几小时？

妈妈一般晚上几点睡觉？早上几点起床？你先起还是她先起？

妈妈体重多少？血压多少？血脂多少？妈妈得过什么严重的病？

妈妈现在有哪些地方不舒服？

妈妈戴不戴眼镜？如果戴，是多少度？

妈妈最大的心愿是什么？

妈妈最快乐的事是什么？

妈妈最忧愁的事是什么？

妈妈还在学习什么？

妈妈有哪些好朋友？

问题还可以问不少。这些问题肯定有一些是你能回答的，可能也有不少你说不上来，但只要一调查，便不难找到答案。而且，你的收获一定不只在这些答案本身。

"孔融让梨"的别样选择

孔融让梨的故事中国人大抵从小就听说过，大家都认为这是个谦让的范例，是一个道德的范例。

有一位教师告诉我，她是怎样向学生讲这个故事的。当然，故事都是一样的：孔融拿了那个小一点的梨。讲完这个故事，肯定了孔融的行为之后，这位教师又问：有没有别的可选择的做法呢？

假如，那个大一点的梨上有一点虫蛀的伤疤，小梨却光洁如玉，孔融应该做什么选择？这个问题也许不大好回答。那我们就来看看其他的情况。

假如，另一位伙伴刚刚吃过两个梨，而孔融没有，孔融又知道对方的情况，孔融是不是可以选择拿一个大梨？

假如，另一位伙伴是躺在床上的病号，孔融是不是可以不但自己不拿梨，还为朋友削一个梨。

假如，只有孔融一个孩子，其他在场的都是大人、长辈，孔融是不是可以随意选择大梨或者小梨？

假如，孔融拿梨并不是为了自己吃，而是给妈妈带回去，他又知道妈妈极爱吃这种梨，他是不是可以选择一个大梨？或者在允许的情况下把大梨小梨都拿走？

假如，对方在给孔融梨的时候对孔融不够礼貌，孔融是不是可以为了自己的尊严，拒绝接受这个梨？

假如，孔融是在买梨，梨又是论个算钱，孔融是不是可以选大的拿？

假如，孔融自己刚吃过梨或者别的水果，是不是可以表示现在不想吃梨？

假如，在赛跑，第一个到终点的人可以拿两个梨，第二名拿大梨，第三名拿小梨，孔融是不是应当努力争第一？

假如，在一场游戏后以梨为奖品，孔融是不是可以无论拿到大梨或小梨都安然收下？

写到这里，我想说明一句，上面说的10种"假如"并不是那位教师的原话，其中有一些出自笔者的想象。那位教师的原话我已不能完全记得，我只记得她曾设想了多种情况下孔融可做的不同选择，而每一种不同的选择都不能被认为是不符合道德准则的。我承认自己的设想远不如那位教师想象的那样丰富，使我受到触动的是：60余年来，我为什么就从来没有想到过孔融在不同的情况下可以做别样的选择？

世界是多样的，一切以时间、地点、条件为转移。这些道理都是我们早就耳熟能详的。可是，在实际生活当中，在处理某些具体问题的时候，我们的思想却常常不免要受某些既定的格式所束缚。并不是这些格式不好、不对。真要是不好、不对的东西，并不那么容易束缚人。问题恰恰在有些做法是好的、对的，甚至是很好的很对的，是可以作为典范的。正是这样的做法，才容易使人在赞叹、佩服之余，想不到，也不去想是不是在不同的情况下还可以有别样的做法，或者是更好的做法。

其实，这样的亏我们已经吃过不少了。某个地区、某个单位的某种做法有了成效，于是就有"一×就灵"的口号。尽管推广的结果必然有成功、不成功、部分成功等多种可能，最好的经验也绝不可能到处适用。

真正从实际出发，实事求是，就必然要承认事物的无限多样性，"条条道路通北京"。但这绝不是说没有共同的原则，没有共同的是非标准，没有共同的道德准则。谦让、尊敬长辈、爱幼、不恃强凌弱、公平、自尊、进取、不贪婪等都是人类社会共同的美德。但是，道德的原则也并不只有一条。忠、孝、信、义、礼，己所不欲勿施于人，为人民服务，集体利益高于个人利益，爱科学，讲卫生等都是道德规范。处理具体行为时，往往需要综合考虑这些规范，不能只抓住某一条，不及其他，就自以为有理，可以天下通行，行不通时就埋怨这条道德规范不对。

让我们再设想两种情况：烈日炎炎，一起走了30多公里山路口渴难忍，手边又只有两个梨。这种情况对每个人都是一种考验。到梨园做客，正值收获季节，主人邀请客人随意品尝。这时吃大梨或小梨是无所谓的事。但即使在这种情况下，如果啃一口就扔一个梨，随意抛掷取乐，那就是恶劣的行为了。

寻找苦难

在鸡公山城乡少年"手拉手"夏令营的开营仪式上，许多小营员叙述着参加夏令营的期望。有的说呼吸新鲜的空气，有的说感受美丽的河山，有的说寻找纯真的友谊，有的说可以看见知心姐姐。有一个孩子却说："我是来寻找苦难的。"

此言一出，满座愕然。全场寂静片刻后，又爆发出一阵哄笑。孩子们觉得，这太不合情理了。参加夏令营，就是为了寻找欢乐，就是为了开心。寻找苦难，何必到夏令营来呢？

很快，孩子们就明白了，这位少年的话，确实是由衷之言，而且是有道理的。这位少年叫林硕，是一位双目失明的盲人，今年12岁，是北京盲人学校五年级的学生。他参加夏令营是自愿报名的，事先也有人劝他说这次夏令营在山上，他来了会有很多困难，但他还是坚持要来。"明知山有虎，偏向虎山行"，他就是为寻找苦难而来的。

曾经有人举办过"吃苦夏令营"。我们不赞成这种做法。因为吃苦不是人生的目的。我们追求的目标只能是幸福生活。但是人生的道路上又不可能没有苦难，或者说必然会不断遇到各种苦难。风霜雨雪，电闪雷鸣，水旱蝗灾，山崩地裂，战乱频仍，瘟疫夺命，"不如意事常八九"，人类就是这样走过来的。中国共产党领导的正确道路，是亿万人民从苦难中找到的；共和国的幸福生活是千万人抛头颅、洒热血换来的，是亿万人艰苦的劳动创造的。重要的是我们没有被苦难压倒，而是战胜了各种苦难。正如毛泽东同志曾说："下定决心，不怕牺牲，排除万难，去争取胜利。"过去是这样，今后也还会是这样。我们还一定会遇到各种各样的，现在能够想到和现在想不到的苦难，问题是我们有没有准备，能不能应对。

现在这位盲人少年从自己的切身体会想到了这一点。他没有埋怨自己的命运，没有退缩，没有坐等别人的帮助，也没有无可奈何地安于现状，而是主动地寻找机会，迎接挑战，锻炼自己，增强自己。在夏令营里，他收获了小伙伴们的钦佩和友情，在大家的帮助下，他克服了一个又一个困难。在穿越峡谷时，虽然曾经一脚踩进水潭，但终于攀上了顶峰。他被香港著名导演李力持选为小演员，参加了短片《王二小放牛郎》的拍摄。全营公认他的笑声最爽朗最响亮。

人生多艰。不但在孩子们面前，也在我们整个民族面前。这位盲孩子林硕告诉我们，保持主动、进取、坚强、信心，我们终将夺取一个又一个新的胜利。

成功者不一样的童年

《父母必读》杂志2011年第9期有一组特别策划的内容：请几位名人讲述他们自己的童年。

这是许多家长都关心的内容。所有的家长都希望自己的孩子成为成功者，都能获得幸福。他们当然愿意看一看别的成功者是怎样成长起来的，了解一下其中有什么奥秘。

杂志的采访对象有"新东方"创始人之一徐小平、红黄蓝教育机构总裁史艳来、当当网联合总裁李国庆、著名绘本作家熊亮、女子围棋世界冠军徐莹。他们都是大家熟悉的真正的成功者，许多家长就是他们的"粉丝"。他们又不是那种几百年才产生一个、几代人才出一个的可望而不可即的偶像。他们的成长经历可能更有参考价值。

可是我们看到的却是许多完全不一样的童年。徐小平从小爱唱歌、爱说笑话、爱表演，后来考进了中央音乐学院，又去加拿大拿到了音乐硕士学位，却没有成为音乐家，而是成了"新东方"创始人之一；史艳来小时候学习成绩中等，从来没有担任过班干部，体育不太好，也不爱表现，没有机会参加各种比赛，她自认为是慢性子的河马；李国庆是个特别听话的乖孩子，奖状贴满一屋子，从来不敢反抗权威，可是进了北大以后，他又成为年少轻狂的学生会副主席，后来创办了大名鼎鼎的当当网；熊亮从小就喜欢画画，爱上野地里玩，高中没毕业，就出去打工，10年后，从没接受过专业美术教育的他，突然再拿画笔，居然成为国内最受关注的绘本作者；徐莹从小活泼好动，武术老师要收她为徒，启蒙教练说她更适合踢足球，可是她却成了一坐十几小时不动的女子围棋世界冠军。

这些情况也许出人意料，却一点也不奇怪。我们早已进入多元的世界。群峰林立，条条大路都可以通向峰顶。人人都可以各展所能，各得其所。大可不必人人都去挤那座独木桥。可是因循或者世俗的偏见都往往遮住我们的眼睛，让我们看不清世界的变化。于是，多少孩子被家长硬往一个模子里压，为的就是挤过那座独木桥，成为"人上人"。孩子痛苦，家长也痛苦，亲子之间的矛盾日益尖锐，结果仍然挤不过独木桥的更痛苦，挤过去了的，也往往失去了对知识的兴趣，失去了对生活的热爱，磨灭了个性，得不到多少快乐，得不到多少幸福。这样的人生是谈不上成功的。

万紫千红总是春。每个孩子都有自己内在的成长动力。发现它，适应它，保护它，发展它，它就将开放成属于他自己那一朵奉献给春天的最美丽的花，不一定最大，不一定最香，却一定最美——因为得到的快乐和幸福。

和好书交朋友

电视台正在播放智力竞赛的节目。

你看，那些参加竞赛的小朋友，和你的年龄也差不多，他们回答问题那么快，答得那么好。有许多事你从来没有听说过，他们却都知道。

你羡慕他们吗？

你可别以为他们都是"神童"，是什么特殊的"天才"。他们也是一些普普通通的孩子，他们的知识也是学来的。

只不过有一些知识学校的课本上并没有，他们的窍门之一就是喜欢读课外书。既然这些知识很有用，为什么课本上不写呢？我们知道，世界上的知识，实际上可以说是无限多的。不要说小学、中学的课本，就是大学的课本也不可能包括全部知识。中学和小学的课本里包括的只是一些最基本的，人人都需要的知识，学了这些东西，以后学别的东西可以方便一些。

世界上每天都有许多新的发现、新的发明，这些东西不可能马上编到教科书里去。

每个人有不同的兴趣、爱好，将来要做不同的工作，需要有不同的知识。这些知识也需要通过课外自己读书学习来得到。

有人说读课外书是看闲书，没有用，其实用处大得很。譬如小说，有人说这里写的都是假的、编出来的故事，读了没有用。其实好的小说写的虽然不是真人真事，却是根据真实的事情集中起来的。一本本小说，就好像一扇扇窗口，使我们看见人生的各种情形，看见世界上的各种人物，看见他们心里最隐秘的思想和感情。这些对我们刚刚踏上人生道路的少年难道不是很有用的吗？

许多科学技术读物，在我们面前展现了一个个奇妙的世界，吸引着我们去探究其中的奥秘。

历史故事向我们提供了大量的资料，使我们看到人类社会前进的脚印，无论是成功的经验或者失败的教训，都可以帮助我们变得更聪明。

不要以为反正考试的时候不从课外书里出题目，看不看没关系。不要以为只要会做作业，就算是个好学生。人生的知识无限，我们需要学习一辈子。

少年时期是专门学习的时期，我们要尽可能利用这一段时间多学一点东西。更重要的，我们还要在这一段时期，养成学习的习惯，学会自己找书读，能够找到自己需要的书，能够挤出读书需要的时间，和书交上朋友。学会了这一条，一辈子都有用。

我们看，历史上做出伟大贡献的人，哪个不是喜欢同书交朋友呢？

唐朝的诗人杜甫，"读书破万卷，下笔如有神"。

宋朝的诗人陆游的居室叫作"书巢"。桌上、床上、椅子、地上，到处堆的都是书。

美国总统、解放黑奴的领袖林肯，一生清贫，他曾自述他的家产，除了三把椅子，就是一架可读的书。

马克思写《资本论》，直接引用的书，就在一千五百本以上。

这些都是善于和书交朋友的人。

不过，我们也要小心，有一些书是坏书，我们不应当交这些坏朋友。这些坏书是引诱人做坏事的，我们千万不能上当。所以，我们在说"和书交朋友"的时候，一定要加上一个"好"字：只能和好书交朋友。

在公共汽车上的观察日记

周益天天乘七路公共汽车上学。今天，他又上了七路公共汽车。可是，今天他的心情却和平时不一样。

今天，他的任务是要写一篇关于七路汽车司机和售票员的观察日记。

这有什么好观察的呢？天天见，都熟透了，用周益的话说都"油"了。甭观察也知道司机怎么开车，售票员怎么招呼乘客买票。

可是，真要往观察日记里写，材料还真不够。没办法，老老实实从头开始观察吧。

"从头"开始，什么时间是头呢？周益乘了两年车，也没注意过公共汽车早上几点开始发车。这次一打听，才知道起点站发第一辆车的时间是四点半。周益一想，太早了，起不来床，只好下午放学以后再开始跟车观察。

从学校门口上车，一直跟到终点站，周益也没有发现什么值得注意的事。从终点站返回来，车走着走着，周益觉得不对劲了。他想小便，可是怎么好下车呢？难道可以让一车人停在站上等自己吗？憋着吧，车子到起点站就好办了。偏偏汽车又开不快，到了站，拥上来许多人，有的上不来，也不肯等下一辆，吊在车门上，车子开不了，售票员怎么劝也不听，几分钟就这样拖过去了。周益自己过去就这样吊过车，那时，他想，你不让我上，我也不让你走。今天，他却觉得这样的人特别讨厌，损人不利己，何苦呢？

好不容易车到了起点站，已经误了14分钟，周益一下车就冲到厕所去小便，回到车上，车又快要开了。

"怎么也不休息一下，喝口水？"周益问售票员。

"这就误点了，再晚发车，站上等的人还要更多。"售票员回答。

"那也不能不让人喘口气呀！"

"现在是下班时候，大家都急着回家呢。"

周益忽然觉得这个平常看来不起眼的售票员在自己的心目中突然高大了起来。

跟了两个来回，周益问售票员："末班车几点？"

"十一点三十分。"

"那你们什么时候下班，什么时候回家呢？"

"我们要是回家早了，工厂里下晚班的工人就不好回家了。"

临别时，周益想征求售票员对同学们的意见，话到嘴边，还没有说出来，他的脸先红了。他想，不用问了，我自己知道自己的表现。不是有一首顺口溜吗？说的就是我们中学生：

上车一窝蜂，下车往下冲。
能挤又能撞，扎堆爱起哄。

晚上，周益在观察日记最后写道："对于这些抢在黎明以前上班，最后一个进入梦乡的劳动者我们怎么能不尊重呢？"

请你耐心等一等

早上，第一节课已经上了10分钟，老师在讲台上认真地讲着，同学们静悄悄地听着。

突然，小钢想起昨天舅舅给的那套画片，忍不住把它拿出来递给坐在旁边的好朋友小武看。

小武看了一张又一张，舍不得放下，又转过头来悄悄地和小钢咬耳朵，问他这些画片是从哪儿弄来的。

他们的行动被坐在他们后面的大利看见了，大利捅捅小钢的背，要他把画片递过来给自己看看。别人不知道发生了什么事一个接一个把头转向他们这边。

正在这时，老师开始了提问。一连问了几个同学，都不知道老师刚才讲到哪里。原来这几位同学的注意力都被小钢他们吸引过来了。

我们上学，任务就是学习。学习也是一种劳动，而且是需要高度集中注意力的劳动。

老师教学生学，就是要把老师的知识变成学生的知识。知识在老师的头脑里，怎么能跑到学生的头脑里来呢？这里有一个传递的道路，叫作声音。老师一开口，他的知识就变成了声音，传到学生的耳朵里。学生用耳朵接受了这些声音，通过听觉神经，传到大脑，加以消化、吸收、贮存，就变成了自己的知识。可见，声音在学习中有多么重要，怪不得有时候人们把上课也称作听课呢。

可是，声音有一个特点，除非用磁带把它录下来，它只能在发声的当时存在，过了那一刹那，你就听不见，就接收不到。"过了这个村，就没有那个店"。不集中注意力，上课就学不到东西。

少年有广泛的兴趣，好动，这都不是坏事。可是，许多事应该放在下课以后再去做。上课的时候，还是不要去做那些和上课无关的事为好，即使是很有兴趣的事，也要暂时忍耐一下。

这样做的必要，还因为上课是一种集体的活动。老师讲课，不只是讲给你一个人听，大家都要听。在课堂上做一些小动作，不但自己听不成课，而且还会妨碍别人听课。

你自己上课的时候做小动作，分了心，影响了学习的成绩，叫作自作自受，只能由你自己负责。可是，影响了别人学习，你负得了这个责吗？

从家里走到学校里，天地比过去宽了，接触的人比过去多了，开始了在集体当中生活，每一个人都需要有一种很重要的品质，就是无论做什么事都要首先想到别人，至少不能妨碍别人。其实，家庭也是一个集体。在家里也有除了自己之外的别人，有爸爸、妈妈、爷爷、奶奶。可是，由于家庭生活的计划性不像学校这么强，更由于许多小朋友都是家里的独生子，受到大人的宠爱、娇惯，什么事情都是别人照顾他们，他们却往往不大能想到要照顾别人、不妨碍别人。进了学校，情况就不一样了，每一个学生都要学会约束自己，才能不妨碍别人。每个人都做到这一点，每个人就都不会被别人妨碍了。

在学校里学会了这一点，将来走向社会，在更广大的集体当中工作、生活，才会更容易适应。

拜托你照顾好妈妈

朋友G君到某地挂职两年，孩子才10岁。平常这孩子和妈妈的关系有点紧张。临行前G君同孩子谈了一次话。他没有说："我不在家，你要好好听妈妈的话。"而是说，"这一段时间你就是家里唯一的男子汉了，拜托你照顾好我的妻子，你的妈妈。每天晚上要锁好门，关好灯，关好煤气。"以后G君每次同家里通电话，孩子都首先说："爸爸你放心，妈妈很好，我每天晚上都检查有没有关门、关灯、关煤气，还关了电脑和电视。"G君说，这孩子一下子就长大了，同妈妈的关系也改善了。

关键在于孩子有了责任感。而这正是成为一个健全公民最重要的素质。

人是社会动物。每个人作为社会的一分子，享有社会给予他的一切，他也必定要为社会担负一定的责任。无论家庭中的夫妻、父母、子女，企业里的领导、职工，学校里的老师、同学，社会上的顾客、乘客、观众、路人，都各有各的责任。这是社会和谐运行的基础，也是我们幸福生活的基础。

孩子是乐于承担他们力所能及的责任的。这可以说是孩子的天性。出门时大人要关灯，孩子会说"我来关"。如果得到鼓励，孩子就会养成出门关灯的习惯，并把这看作是自己的责任。吃过饭擦桌子洗碗，给爸爸倒杯水，为妈妈捶捶背，担负起这些责任的孩子也都觉得很开心。因为他为这个家庭作出了奉献，因为他是其他家庭成所需要的一员，他感受到了他存在的价值。

但是许多家长以为孩子还小，不忍心让他们担起任何责任，常抹杀了孩子承担责任的积极性。

日本的孩子上幼儿园，都是自己背包，没有一个大人会替他们拿。

有位朋友每月给农村的父母寄钱，都是带着孩子一起去，到孩十多岁后就让孩子自己去邮局汇款。

这都是好办法。

这样的孩子长大以后，就会更好地融入社会，融入集体，更容被他人接纳。他们的承诺会使别人更放心。他们也会更加尊重自珍惜自己。可以预见，他们一定更能创造自己幸福的生活。

顾亭林说："天下兴亡，匹夫有责。"毕业歌唱道："同学们，负起天下的兴亡。"毛泽东对年轻人说："世界是你们的，也是我的，但归根到底是你们的。"未来的重任不会压垮他们，因为他们从小就开始担担子了。

在成长着的孩子背后

1919年，鲁迅写过《我们现在怎样做父亲》。91年后，作家陈祖芬又写了一篇文章《浩良：我们现在怎样做孩子》。在这篇文章里，作家写了北京一位中学生张浩良成长的故事。

张浩良的成长是闪光的。2009年5月他参加北京青春教育科技中心举办的露雪队科学探索，获冠军。2010年2月他代表北京参加美国斯坦福大学数学竞赛。2009年，还曾获得北京景山学校八年级"感动"主题征文比赛一等奖和北京东城区第十二届学生艺术节钢琴初中组二等奖。他还获得过奉献之星奖、热爱劳动之星奖、社会实践优秀个人奖。

让我们感兴趣的是这些闪光背后，这位孩子的经历。

浩良3岁的时候，看到爸爸那么喜欢喝啤酒，便认为啤酒一定很好喝。他问妈妈，啤酒是什么，妈妈不想让他喝啤酒，就说这是尿。浩良听了却很高兴：尿，我自己就有。他偷偷在房里撒了一瓶"啤酒"。可是还没等他喝下去，就被妈妈发现并制止了。对着大哭抗议的孩子，妈妈并没有严厉地呵斥，而是给了孩子一根冰棍。这可能就是浩良的第一次异想天开。

浩良从小就愿意和小伙伴分享自己的玩具。他可以把自己的四轮自行车和小朋友的小模型车、小玩具人、纸片换着玩。妈妈在旁边看着，也并不曾呵斥和制止他。

浩良一年级时学骑两轮自行车。啪！他突然摔倒在地上。爸爸只把车扶起来，叫他"上去"，一次又一次。他也曾埋怨："为什么不扶我？"不过，他终于学会了骑车，也学会了坚强。

一个秋天的晚上，九点半，浩良下了晚自习才发现外面风雨大作。又黑，又冷，却又打不着车。一位下了班的女出租车司机把他送到楼门口，叮嘱他："下次记得多穿点。"可以想象，当时他的心有多温暖。

另一次下晚自习时，爸爸开车来接他。可是上车不久，爸爸的手机响了，对方说："有个急诊。"爸爸是医生，便只好在路上为孩子拦了一辆出租车，把自己的衣服披在孩子身上，赶去手术室。浩良知道，这是爸爸的岗位、爸爸的责任。

浩良还是小学生的时候，妈妈就带他去看过清华大学，看到那两万多平方米的图书馆，告诉他那里培养过多少科学巨匠、文学泰斗和治国精英，让他早就有了向往。

浩良有机会读过许多课外书。从《学会异想天开》中他看到许多发明家和革命者的故事。从《对兄弟的忠诚》中他感受到了忠诚的分量。从《鲁滨孙漂流记》中他懂得了要从绝望中寻找希望。

夏天，家里的纱窗破了，小浩良咬牙自己动手换纱窗。国庆六十周年，浩良参加了天安门城楼对面的翻牌活动。几个月的操练，就是为了"祖国生日快乐"！

鲁迅希望孩子们都能"幸福地度日，合理地做人"。这仍然是今天的父亲、母亲和亿万成年人的希望，也希望孩子们作出自己的努力。

感谢陈祖芬同志让我们看到了孩子成长闪光的背后。

两个人的日记

日记，一般都是一个人的私用物品，自己写，自己看。

最近，我却有机会看到一本两个人的日记。一对父女，你写一页，我写一页，两个人写，两个人看，坚持了九年，读来感人至深。

日记的作者程敏同志在日记中倾注了对女儿深深的爱，他对女儿的教育引导采用了许多正确而有效的方法。女儿也用她的成长给父亲以令人欣慰的回报。但是最引起我注意的还是他们的实践，他们找到了一种在当前生活节奏日益紧凑的情况下持续保持两代人之间沟通的方法。

家庭教育的重要已经日益为许多家长重视。生了孩子，又期望孩子将来能过得好，就要担起家庭教育的责任。这是一项无可推诿的重任，也是无法取代的重任。无论学校教育、社会教育，都代替不了父母的教育。

但是，现在许多父母又实在是太忙。当然不是说忙得一小时、半小时、十分钟的时间都没有。时间是挤出来的，挤一挤，再挤一挤，总会找到一些时间。问题是父母挤出来的这点时间和孩子可能接受教育的时间很难产生交集。父亲回家，孩子已经睡觉；孩子上学，父亲可能还没起床。这就是矛盾。

为了解决这个矛盾，程敏同志留小纸条，把要说的话写在小纸条上。纸条积累多了，女儿觉得保存起来不方便，于是建议爸爸改用日记本交流。

有了这个方法，两个人又天天坚持，日积月累，好处就越来越明显了。

首先是及时性。及时鼓励，好的苗头容易成长；及时提醒，问题不容易积累。其次是持续性。反复的良性刺激更容易巩固。再次是文字的交流，利于冷静思考，也利于留有余地，更容易被接受。

更重要的是这种交流是双向的。女儿也知道了父亲的工作、生活情况，父亲的苦恼，父亲的经验教训。许多问题双方可以在日记中讨论、辩论。这种平等和民主更有利于家庭和谐氛围的形成，也有利于女儿责任感的形成。

不可能要求父亲或者女儿在日记中写的每一句话都是正确的，也不可能要求家长的每一个教育方法都达到最佳。这是任何人都做不到的。重要的是要有绵绵不断的爱，有持续向前的共同探索，这个家庭就一定能够持续不断地前进。现在在这个家庭中，父亲是大朋友，妈妈是中朋友，女儿是小朋友，三个好朋友，互相的沟通没有困难，这样的家庭怎么会不快乐呢？

培养发现美的眼睛

孩子喜欢参加夏令营。在许多夏令营中，孩子们尽情地玩乐，到处参观访问，享受成年人为他们作出的周到安排，放飞自己的心情。

有些夏令营注意加入了教育的内容，有的做得成功，有的做得过分，孩子们并不喜欢。

今年在河南鸡公山举办的城乡小朋友手拉手夏令营中，增加了活动内容：让每一位小营员拍一张照片。照片必须是自己拍的，必须是在鸡公山参加夏令营期间拍的。每人自选一张拍得最好的参赛。闭营前举行摄影展览，评出一二三等奖，做成光盘让营员带回去当作纪念品，并且由鸡公山营地永久保存。

组织这样的活动其实并不困难。现在差不多每个孩子都会随身带台小相机，没带相机的用手机拍的照片也可以参赛。

果然，孩子们参加活动的积极性很高。短短几天，随时随处都有拿起相机，捕捉他们看到的人、物、事、景。展出的近百幅照片，琳琅满目，美不胜收。

有的孩子拍下了雄伟的峰顶。

有的孩子拍下了突兀的巨石。

有的孩子拍下了参天的古树。

有的孩子拍下了密密的树林。

有的孩子拍下了幽静的林间小路。

有的孩子拍下了枝头的繁花。

有的孩子拍下了路边的野草。

有的孩子拍下了草上的小虫。

有的孩子拍下了水中的浮萍。

有的孩子拍下了古老的豪华别墅。

有的孩子拍下了山间的神秘小屋。

有的孩子拍下了小伙伴的欢乐。

有的孩子拍下了老师的慈祥。

有的孩子拍下了解放军教官的刚毅。

更使人惊奇的是，许多孩子在别人不注意之处发现了美。

别人拍别墅，大多注意它的正面，也有注意侧面的，这位小朋友却专门拍了别墅的背面，显出它结构的美。

一般拍高山，多用仰视，这位小朋友却用俯视镜头拍了山下蜿蜒的公路，题名《路在脚下》。

一位7岁的小朋友用侧逆光拍下了龙舌兰刚冒出的花蕊，题名《亭亭玉立》。

这位小朋友注意到了路上石子铺成的图案。

这一张《枯萎中的自豪》拍下了几朵枯花在风中飘摇，下方又有朵小花刚刚开放。

这些孩子只有7岁到15岁。重要的是，他们张开了寻找美的眼睛，就能够不断地发现美、表现美、留下美。在这个夏令营中，他们不只是一个被动的参与者、接受者，而是真正成了自己生活的主人。从这次夏令营开始，保持这个习惯，他们的眼睛一定会越来越明亮，越来越善于发现生活中的美。

孩子是这样，大人是不是也是这样呢？

"我们付了钱的，什么也不用干"

暑假，有的旅行社组织了中学生参加的海外游学活动，参加者很踊跃。

在一个赴美国的游学团里，有一次和同龄的美国孩子的联欢，活动在露天草地举行。活动前，两国的孩子一起热热闹闹地搬椅子，布置会场。独有一位中国男孩坐在旁边不动。导游过去动员他。男孩回答说："我妈妈说了，我们付了钱的，什么也不用干。"

这位男孩的妈妈当然是付了钱的。不付钱，他也去不了美国。付钱干什么？当然是希望孩子能有最多的收获。可是这时，许多收获来到孩子的面前：共同劳动的愉悦，异国小友的交往，语言能力的锻炼，不同文化的感悟，却被一句"什么都不用干"挡住了。真要算账，这位男孩亏了，他的妈妈亏了。

国庆期间，我们看到许多外国游客来到北京的四合院，和居民们起学着擀面皮，包饺子。虽然可能包得不像样，却十分开心。他们也是付了钱的。付了钱才买到这样一个可以干的机会。

许多城里人开车到郊区农家院去采摘，摘葡萄，摘菜，摘山里红，摘板栗，去垂钓，这些也都是要付钱的，而且价钱比市场上买的水果和鱼还要贵。可是人们觉得快乐，觉得有收获，没有人认为这是"花钱买罪受"。

干，或者叫作劳动，是人的最重要的素质，人自身就是在劳动中创造出来的。劳动才使人成为万物之灵。不干，什么都没有，也不会有。

不要以为有钱就能买到一切。许多东西是金钱买不到的，例如友情、爱情。钱当然可以买到吃、喝、玩的条件，但是如果其他什么都不干，最后也只能什么也不会干，这个孩子长大就可能成为废物，爸妈传下来的钱也不一定能守得住。这样的悲剧在人类历史上难道还少吗？

有一位朋友，孩子两岁。她在郊区租了一小块地，种菜种瓜，每个星期带孩子去一次，平时请当地农民帮忙照顾。孩子去了，就忙着摘豆角，捉虫，除草，浇水。他爸爸种一棵小树，孩子就在树坑里撒一泡尿，说是施肥。晚上在车上装了无公害蔬菜回家。她婆婆说，你这点蔬菜还不够来回的汽油钱呢。她说还要加上高速公路的过路费。但是开心啊。重要的是让孩子从小接触大自然，接触劳动，体会动手的乐趣。这是一位聪明的妈妈。她是真正为孩子的幸福着想的。她知道每一代人的幸福都要靠每一代人自己去创造。能够创造自己幸福的人，才有幸福的未来。

高尔基说过："在青年人当中，常常可见到一些年轻的小伙子和姑娘，不善于珍重别人给他们争取来的东西，也可见到一些急躁的鹰，过早地幻想舒适的鸡窝。他们太急于要享用现在的成就，就不顾到将来。"这不是年轻人的错，错在他们的父母错用了自己的爱。

"和我有什么关系"

一位 12 岁的小朋友看到同学在玩 iPhone5，回家向爸爸要求给自己也买一部。

父亲说："你那一部 iPhone4 才玩了不到 3 个月，以后再说吧。"

孩子不依不饶，理由就是好几个同学都已经有 iPhone5 了。

父亲又说："这两个月，我们家遇到好几件事情，开支太大，还是以后再说吧。"

孩子说："那和我有什么关系？"

父亲愕然：孩子怎么会说出这样的话？明明是最有关系的事，他怎么会认为没有关系？

这其实一点也不奇怪。

这是一位很聪明的小朋友，对许多事情的理解能力都很顺，为什么这件事就不明白了？

iPhone5 的性能比证 iPhone4 强。他明白这件事同自己有关系。别的同学有了 iPhone5，他也认为这件事同自己有关系。买

iPhone5 需要爸爸给钱，他也认为这件事同自己有关系，唯独家里其他地方需要用钱，他就不明白这件事同自己有什么关系了。

他说的是实话，因为12年来，对于能不能满足他的需要，只有爸爸愿意不愿意的问题，从来没有发生过爸爸能不能做到，或者说家庭经济有没有困难的问题。

"不当家不知柴米贵。"孩子对家长的算计就很难理解。

从前类似的问题出现得少一点，因为那时候生活水平低，大多数人家的经济都比现在困难一些，许多正常的需求不能得到满足的情况是经常发生的。捉襟见肘，打了酱油就买不了醋。在这样的环境中长大，耳濡目染，不用讲多少道理，孩子们也就自然会理解家长过日子不容易，甚至会帮着父母算计。"穷人的孩子早当家"，说的就是这个道理。

现在生活条件好了，又多数是独生子女，家长往往愿意尽可能甚至超越正常可能地满足孩子们的各种需求，而不愿让孩子感觉到自己的困难。于是，一些过去我们自己认为自然会明白的道理，孩子很难明白和理解。并不是现在的孩子笨了，或者品质差了，问题还在于大人没有根据变化了的情况，为孩子设置适当的条件和机会，帮助他们理解应当理解的各种事物之间的关系。

对于事物之间的相互关系，孩子会有不能理解的地方，成人也会有不能理解的地方。企业有了浪费，企业的产品质量出现了缺陷，只要不是自己造成的，有的员工是不是也会认为"这和我有什么关系"？其实这就是自己的饭碗。外地发生了自然灾害，国际经济形势变化，出口受阻，国家经济困难，这些和我们每一个人"有什么关系"，都是需要尽可能让人人明白的。

图书在版编目（CIP）数据

为中华之崛起而读书 / 余心言著. -- 武汉：长江文艺出版社，2019.5（2022.8 重印）
ISBN 978-7-5702-0935-4

Ⅰ. ①为… Ⅱ. ①余… Ⅲ. ①散文集－中国－当代
Ⅳ. ①I267

中国版本图书馆 CIP 数据核字（2019）第 047779 号

责任编辑：田敦国　　　　　　责任校对：毛季慧

封面设计：天行云翼·宋晓亮　　责任印制：邱　莉　　胡丽平

出版：

地址：武汉市雄楚大街 268 号　　　　邮编：430070

发行：长江文艺出版社

http://www.cjlap.com

印刷：武汉珞珈山学苑印刷有限公司

开本：640 毫米×970 毫米　　1/16　　印张：12　　　插页：1 页

版次：2019 年 5 月第 1 版　　　　　　2022 年 8 月第 10 次印刷

字数：120 千字

定价：19.00 元

版权所有，盗版必究（举报电话：027—87679308　87679310）

（图书出现印装问题，本社负责调换）